2887

[illegible]RTHE

MARTHE

8° Y² 517

DU MÊME AUTEUR :

LE DRAGEOIR AUX ÉPICES

(2e édition)

Chez Maillet, 92, *Boulevard Haussmann et rue du Havre*, PARIS.

MARTHE

Histoire d'une fille

PAR

J.-K. HUYSMANS

BIBLIOTHÈQUE NATIONALE
R.F.
IMPRIMÉS

BRUXELLES
Chez JEAN GAY, Libraire-Éditeur
5, PLACE DE LA MONNAIE

1876

BRUXELLES. — IMPRIMERIE FÉLIX CALLEWAERT PÈRE
Rue de l'Industrie, 26.

PRÉFACE

. . . . Les filles comme Marthe ont cela de bon qu'elles font aimer celles qui ne leur ressemblent pas; elles servent de repoussoir à l'honnêteté. . . . .

. . . . .

(MARTHE. — Dernier chapitre.)

I

Tiens, vois-tu, petite, disait Ginginet, étendu sur le velours pisseux de la banquette, tu ne chantes pas mal, tu es gracieuse, tu as une certaine entente de la scène, mais ce n'est pas encore cela. Ecoute-moi bien, c'est un vieux cabotin, une roulure de la province et de l'étranger qui te parle, un vieux loup de planche, aussi fort sur les tréteaux qu'un marin sur la mer, eh bien! tu n'es pas encore assez canaille! ça viendra, bibiche, mais tu ne donnes pas encore assez moelleusement le coup des hanches qui doit pimenter le « boum » de la grosse caisse. Tiens, vois, j'ai les jambes en branches de pincettes faussées, les bras en ceps de vigne, j'ouvre la gueule comme la grenouille d'un tonneau, je fais le mille pour les palets de plomb, vlan! la cymbale claque, je remue le tout, je râpe le dernier mot du couplet, je me gargarise d'une roulade ratée, j'empoigne le public. C'est ce qu'il faut. Allons, dégosille ton couplet, je t'apprendrai, à mesure que tu le goualeras, les nuances à observer. Une, deux, trois, attention, papa entr'ouvre son tube auriculaire, papa t'écoute.

— Dites donc, mademoiselle Marthe, voilà une lettre que l'ouvreuse m'a dit de vous remettre, grasseya une grosse fille roupieuse.

— Ah! elle est bien bonne, s'écria l'enfant, regarde donc, Ginginet, ce que je viens de recevoir, c'est pas poli, sais-tu?

Le comédien déploya le papier et les coins de ses lèvres remontèrent jusqu'aux ailes de son nez, découvrant des gencives frottées de rouge, faisant craquer le masque de fard et de plâtre qui lui vernissait la face.

— C'est des vers, clama-t-il, visiblement alarmé, autrement dit celui qui te les envoie est un homme sans le sou. Un monsieur bien n'envoie pas de vers !

Les camarades s'étaient rassemblés pendant ce colloque. Il faisait ce soir-là un froid polaire, les coulisses avec leurs courants d'air étaient glaciales ; tous les histrions se pressaient devant un feu de coke qui flambait dans la cheminée.

— Qu'est-ce que c'est que ça, dit une actrice, insolemment décolletée du haut en bas ?

— Oyez, dit Ginginet, et il lut au milieu de l'attention générale, le sonnet suivant :

A UNE CHANTEUSE

Un fifre qui piaule et siffle d'un ton sec,
Un basson qui nasille, un vieux qui s'époumonne
A cracher ses chicots dans le cou d'un trombonne,
Un violon qui tinte ainsi qu'un vieux rebec,

Un flageolet poussif dont on suce le bec,
Un piston grincheux, la grosse caisse qui tonne
Tel est, avec un chef pansu comme une tonne,
Scrofuleux, laid enfin à tenir en échec

La femme la plus aple aux amoureuses lices,
L'orchestre du théâtre. — Et c'est là cependant
Que toi, mon seul amour, toi, mes seules délices,

Tu brames tous les soirs d'infâmes ritournelles
Et que la bouche en cœur, l'œil clos, le bras pendant,
Tu souris aux voyous, ô la Reine des belles!

Et ce n'est pas signé!

— Dis donc, Ginginet, cela s'appelle casser du sucre sur la tête du chef d'orchestre, il faudra lui montrer ces « versses », ça le fera rogner, ce râcleur!

—Allons, mesdames, en scène, cria un monsieur vêtu d'un chapeau noir et d'un mac-farlane bleu ; en place, l'orchestre commence!

Les femmes se levèrent, jetèrent un manteau sur leurs épaules nues, se secouèrent toutes frissonnantes et suivies par les hommes qui interrompaient leur pipe ou leur partie de bezigue, s'en furent à la queue leu-leu par la petite porte qui donnait accès dans les coulisses.

Le pompier de service était à son poste et, bien qu'à moitié mort de froid, il avait des flambes dans les yeux quand il regardait le dessous des jupes de quelques danseuses égarées dans cette revue. Le régisseur frappa les trois coups, la toile se leva lentement, découvrant une salle bondée de monde.

A n'en pas douter, le spectacle le plus intéressant n'était pas sur la scène, mais bien dans la salle. Le théâtre de Bobino, dit Bobinche, n'était point rempli, comme ceux de Montparnasse, de Grenelle et des autres anciennes banlieues, par des ouvriers qui voulaient écouter sérieusement une pièce. Bobino avait pour clientèle, les étudiants et les artistes, une race bruyante et gouailleuse si jamais il en fut. Ils ne venaient point dans cette cahute, tapissée de méchant papier amarante, pour se pâmer aux lourds mélodrames ou aux folles revues, ils venaient pour crier, rire, interrompre la pièce, s'amuser enfin! Aussi le rideau fut-il à peine remonté que les braiments commencèrent, mais Ginginet n'était pas homme à s'émouvoir pour si peu, sa longue carrière dramatique l'avait accoutumé aux vacarmes et aux huées. Il salua gracieusement ceux qui l'interrompaient, conversa avec eux, entremêlant son rôle de boutades à l'adresse des braillards : bref il se fit applaudir. La pièce marchait cependant assez mal, elle clopinait dès la seconde scène. La salle recommença à tempêter. Ce qui la délecta, ce fut surtout l'entrée d'une actrice énorme dont le nez marinait dans un lac de graisse. La tirade éjaculée par la bonde de cette cuve humaine, fut scandée à grands renforts de : « larifla, fla, fla ». La pauvre femme était ahurie et ne savait si elle devait rester ou fuir. Marthe parut : le charivari cessa.

Elle était charmante avec son costume qu'elle avait elle-même découpé dans des moires et des soies à forfait. Une cuirasse rose, couturée de fausses perles, une cuirasse d'un rose exquis, de ce rose faiblissant et comme expiré des étoffes du Levant, serrait ses hanches mal contenues dans leur prison de soie; avec son casque de cheveux opulemment roux, ses lèvres qui titillaient, humides, voraces, rouges, elle enchantait, irrésistiblement séduisante!

Les deux plus intrépides hurleurs qui se répondaient de l'orchestre au paradis, avaient cessé leurs cris : « anneau brisé, la sûreté des clefs, cinq centimes, un sou! orgeat, limonade, bière! » Soutenue par le souffleur et par Ginginet, Marthe fut applaudie à outrance. Dès que sa romance fut versée, le brouhaha reprit plus furieusement. Le peintre qui siégeait aux stalles en bas, et l'étudiant en vareuse rouge qui nichait en haut, au poulailler, s'égosillèrent de plus belle, en lazzis et en calembredaines, à la grande joie des spectateurs que la pièce ennuyait à mourir.

Accotée près de la rampe, à l'un des portants, Marthe regardait la salle et se demandait lequel de ces jeunes gens avait pu lui adresser la lettre, mais tous les yeux étaient braqués sur elle, tous flamboyaient en l'honneur de sa gorge, il lui fut impossible de découvrir parmi tous ces admirateurs celui qui avait envoyé le sonnet.

La toile tomba sans que sa curiosité fût assouvie.

Le lendemain soir, les acteurs étaient d'humeur massacrante, ils s'attendaient à un nouveau vacarme et le Directeur qui remplissait les fonctions de régisseur, vu l'absence des fonds, se promenait fiévreusement sur la scène, attendant que le rideau se levât.

Il se sentit soudain frapper sur l'épaule et, se retournant, se trouva face à face avec un jeune homme qui lui serra la main et, très-calme, dit:

— Vous vous portez toujours bien?

— Mais... mais oui... pas mal... et vous?

— Ça boulotte, je vous remercie. Maintenant entendons-nous : vous ne me connaissez pas, moi non plus. Eh bien! je suis journaliste et j'ai l'intention d'écrire un article mirifique sur votre théâtre.

— Ah! enchanté, bien ravi, certainement, mais dans quel journal écrivez-vous?

— Dans la *Revue mensuelle.*

— Connais pas. Et ça paraît quand?

— Généralement tous les mois.

— Enfin... asseyez-vous donc?

— Je vous remercie, mais je n'en profiterai pas.

Et il s'en fût dans le foyer où jacassaient les acteurs et les actrices. C'était un habile homme que le nouveau venu! il dit un mot aimable à l'un, un mot aimable à l'autre, promit à tout le monde un article gracieux, à Marthe surtout qu'il regardait d'un œil si goulu qu'elle n'eut pas de peine à deviner qu'il était l'auteur de la lettre.

Il revint les jours suivants, lui fit la cour; bref, il parvint un soir à l'entraîner chez lui.

Ginginet, qui surveillait le manége du jeune homme entra dans une furieuse colère qu'il épancha, à grands flots, dans le sein de Bourdeau, son collègue et ami.

Tous deux s'étaient attablés dans un cabaret des plus borgnes pour boire chopine ensemble. Je dois à la vérité de dire que Ginginet s'était teint, depuis l'après-midi, la gargamelle d'un rouge des plus vifs, il prétendait avoir dans la gorge des dunes qu'il arrosait à grandes vagues de vin; bientôt il pencha, pencha la tête sur la table, trempa son nez dans le verre et, sans s'adresser à son compagnon qui dormassait plus ivre que lui peut-être, il éructa un monologue pointillé et haché par une série de soubresauts et de hoquets.

— Bête, la petite, très-bête, supérieurement bête, ah! mais oui! prendre un amant c'est bien s'il est riche; mieux vaut sans cela garder le vieux museau de Ginginet — pas beau, c'est vrai — Ginginet — pas jeune — c'est encore vrai, mais artiste lui! artiste! et elle lui préfère un greluchon qui fait des vers! un métier de crève-la-faim! c'est clair, comme ma voix — pas ce soir par exemple — je suis rogomme comme tout — ça me rappelle tout ça la chanson que je chantais autrefois à Amboise quand j'étais premier ténor au grand théâtre, ma gloire passée, quoi! la chanson « de ma femme et de mon parapluie. » Etaient-ils bêtes, au reste, ces couplets! comme si une poupée et un landau à baleines c'était pas la même chose! tous les deux se retournent et vous lâchent quand il fait mauvais! Eh! Bourdeau, écoute donc, je te disais que j'étais un père pour elle, un père noble qui la laissait battre de l'œil devant les jeunes gens riches, mais devant des pauvres, devant des raffalés comme ça, pouah! zut! raca! je deviens père sérieux et, ému jusqu'aux larmes, Ginginet accentua son soliloque par un vigoureux coup de poing sur la table, qui fit moutonner le vin dans son verre et éclaboussa son vieux masque pelé, de larges gouttes rouges. — Il pleut dehors, il pleut dedans, poursuivit-il, bonsoir la compagnie, je vais me coucher. Eh! Bourdeau, eh! las-d'aller! lève-toi, c'est ton camarluche qui t'appelle! ça se chantait autrefois à Amboise, je ne sais plus sur quel air par exemple. — Ah! sambregois! quel coffre, quel creux j'avais alors! ô malheur de malheur! dire que tout cela est parti en même temps que mes cheveux! Eh toi, loufiat, cria-t-il au garçon, voilà de la braise, éteins-la, il y a cinq chopines à payer et en avant les paladins! et quant aux bourgeois, lanturlu!

Et ce disant, il harpa par le bras gauche Bourdeau qui butait des savates, rossignolait du nez, bedonnait du ventre, dandinait de la hure, chantait à gueule-que-veux tu, l'éloge des guimbardes et des grands vins !

II

près dix ans de luttes stériles et de misères impatiemment supportées, Sébastien Landousé, artiste peintre, se maria au moment où il commençait à être connu du public, avec damoiselle Florence Herbier, ouvrière en perles fausses. Malheureusement sa santé, déjà ébranlée par des amours et des labeurs excessifs, chancela de jours en jours, si bien qu'après une maladie de poitrine qui l'étendit, pendant six grands mois, sur son lit, il mourut et fut enterré, faute d'argent, dans l'un des recoins de la fosse commune.

Apathique et veule par tempérament, sa femme se redressa sous le coup qui la frappait, se mit vaillamment à l'ouvrage et quand Marthe, sa fille, eût atteint sa quinzième année et terminé son apprentissage, elle mourut à son tour et fut, comme son homme, enterrée au hasard d'un cimetière.

Marthe gagnait alors, comme ouvrière en perles fausses, un salaire de quatre francs par jour, mais le métier était fatigant et malsain et souvent elle ne pouvait l'exercer.

L'imitation de la perle se fabrique avec les écailles de l'ablette, pilées et réduites en une sorte de bouillie qu'un ouvrier tourne et retourne sans trêve. L'eau, l'alcali, les squammes du poisson, le tout se gâte et devient un foyer d'infection à la moindre chaleur, aussi prépare-t-on cette pâte dans une cave. Plus elle est vieille, plus précieuse elle est. On la conserve dans des carafes, soigneusement bouchées, et l'on renouvelle de temps à autre le bain d'ammoniaque et d'eau.

Comme chez certains marchands de vins, les bouteilles portent la mention de l'année où elles furent remplies ; ainsi que la purée septembrale, cette purée qui luit se bonifie avec le temps. A défaut d'étiquettes, on reconnaîtrait d'ailleurs les jeunes flacons des vieux, les premiers semblent étamés de gris-noir, les autres semblent lamés de vif argent. Une fois cette compote bien dense, bien homogène, l'ouvrière doit, à l'aide d'un chalumeau, l'insuffler dans les globules de verre, ronds ou ovales, en forme de boules ou de poires, selon la forme de la perle et laver le tout à l'esprit de vin qu'elle souffle également avec son chalumeau. Cette opération a pour but de sécher l'enduit; il ne reste plus dès lors, pour donner le poids et maintenir le tain du verre, qu'à faire égoutter dans la perle des larmes de cire vierge. Si son orient est bien argenté de gris, si elle est seulement ce que le fabricant appelle un article demi-fin, elle vaut, telle qu'elle, de 3 francs à 3 fr. 50.

Marthe passait donc ses journées à remplir les boules et, le soir, quand sa tâche était terminée, elle allait à Montrouge chez le frère de sa mère, un ouvrier luthier, ou bien rentrait chez elle et, glacée par la froideur de ce logement vide, se couchait au plus vite, s'essayant à tuer par le sommeil la tristesse des longues soirées claires.

C'était, au reste, une singulière fille. Des ardeurs étranges, un dégoût de métier, une haine de misère, une aspiration maladive d'inconnu, une désespérance non résignée, le souvenir poignant des mauvais jours, sans pain, près de son père malade; la conviction, née des rancunes de l'artiste dédaigné, que la protection acquise, au prix de toutes les lâchetés et de toutes les vilenies, est tout ici-bas; une appétence de bien-être et d'éclat, un alanguissement morbide, une disposition à la névrose qu'elle tenait de son père, une certaine paresse instinctive qu'elle tenait de sa mère, si brave dans les moments pénibles, si lâche quand la nécessité ne la tenaillait point, fourmillaient et bouillonnaient furieusement en elle.

L'atelier n'était malheureusement pas fait pour raffermir son courage à bout de force, pour relever sa vertu aux abois.

Un atelier de femmes, c'est l'antichambre de Saint-Lazare. Marthe ne tarda pas à s'aguerrir aux conversations de ses compagnes; courbées tout le jour sur le bol d'écailles, entre l'insufflation de deux perles, elles devisaient à perte de vue. A vrai dire, la conversation variait peu; toujours elle roulait sur l'homme. Une telle vivait avec un monsieur très bien, recevait tant par mois, et toutes d'admirer son nouveau médaillon, ses bagues, ses boucles d'oreilles Toutes de la jalouser et de pressurer leurs amants pour en avoir de semblables. Une fille est perdue dès qu'elle voit d'autres filles: les conversations des collégiens au lycée ne sont rien près de celles des ouvrières; l'atelier, c'est la pierre de touche des vertus, l'or y est rare, le cuivre abondant. Une fillette ne choppe pas, comme le disent les romanciers, par amour, par entraînement des sens, mais beaucoup par orgueil et un peu par curiosité. Marthe écoutait les exploits de ses amies, leurs doux et meurtriers combats, l'œil agrandi, la bouche brûlée de fièvre. Les autres riaient d'elle et l'avaient surnommée « la petite serine ». A les entendre, tous les hommes étaient parfaitement imbéciles! Une telle s'était moquée de l'un d'eux, la veille au soir, et l'avait fait poser à un rendez-vous; il n'en serait que plus affamé; une autre faisait le malheur de son amant qui l'aimait d'autant plus qu'elle lui était moins fidèle; toutes trompaient leurs servants ou les faisaient toupiller comme des totons, et toutes s'en faisaient gloire! Marthe ne rougissait déjà plus des gravelures qu'elle entendait, elle rougissait de n'être pas à la hauteur de ses compagnes. Elle n'hésitait déjà plus à se donner, elle attendait une occasion propice. D'ailleurs, la vie qu'elle menait lui était insupportable ! Ne jamais rire ! Ne jamais s'amuser ! N'avoir pour distraction que la maison de son oncle, une bicoque, louée à la semaine, où s'entassaient, pêle-mêle, oncle, tante, enfants, chiens et chats. Le soir, on jouait au loto, à ce jeu idéalement bête, et l'on marquait les quines avec des boutons de culotte ; les jours de grande fête, on buvait un verre de vin chaud entre les parties, et l'on écossait parfois des marrons grillés ou des châtaignes bouillies. Ces joies de pauvres l'exaspéraient et elle préférait encore aller chez une de ses amies qui vivait en concubinage avec un homme. Mais tous deux étaient jeunes et ne se lassaient de s'embrasser. La situation d'un tiers dans ces duos est toujours ridicule, aussi les quittait-elle, plus attristée et plus agacée que jamais ! Oh ! elle en avait assez de cette vie solitaire, de cet éternel supplice de Tantale, de ce prurit invincible de caresses et d'or ! il fallait en finir et elle y songeait. Elle était suivie tous les soirs par un homme déjà âgé qui lui promettait monts et merveilles et un jeune homme qui habitait dans sa maison, à l'étage au-dessous, la frôlait dans l'escalier et lui demandait doucement pardon quand son bras effleurait le sien. Le choix n'était pas douteux. Le vieux l'emportait, dans cette balance du cœur, où l'un ne pouvait mettre que sa bonne grâce et sa jeunesse et où l'autre jetait l'épée de Brennus: le bien-être et l'or! Il avait aussi un certain ton d'homme bien élevé qui flattait la jeune fille par ce motif que ses compagnes n'avaient pour amants que des rustres, des calicots ou des commis de quincaillerie. Elle céda .... n'ayant seulement pas pour excuse ces passions qui font crier sous le feu et s'abandonner corps et âme... Elle céda et fut profondément dégoûtée. Le lendemain cependant, elle raconta à ses camarades, sa défaillance, qu'elle regrettait alors! Elle se montra fière de sa vaillantise et, devant tout l'atelier, prit le bras du vieux polisson qui l'avait achetée! Mais son courage ne fut pas de longue durée ; les nerfs se rebellèrent et, un soir, elle jeta à la porte argent et vieillard, et se résolut à reprendre sa vie d'autrefois. C'est l'histoire de ceux qui fument et qui, malades d'écœurement, jurent de ne plus recommencer et recommencent jusqu'à ce que l'estomac consente à se laisser dompter. Après une pipe, une autre; après un amant, un second. Cette fois, elle voulut aimer un jeune homme, comme si cela se commandait! Celui-là l'aima... presque, mais il fut si doux et si respectueux qu'elle s'acharna à le faire souffrir. Ils finirent par se séparer d'un commun accord — Oh! alors, elle fit comme les autres; une semaine, trois jours, deux, un, la rassasièrent avec leur importunité des caresses subies. Sur ces entrefaites, elle tomba malade et, dès qu'elle se rétablit, fut abandonnée par son amant; pour comble de malheur, le médecin lui ordonna expressément de ne pas continuer son métier de souffleuse de perles. Que faire alors? Que devenir? C'était la misère, d'autant plus opprimante que le souvenir du bien-être qu'elle avait goûté avec son premier homme lui revenait sans cesse. Elle s'essaya dans d'autres professions, mais les faibles salaires qu'elle obtint la détournèrent de tenter de nouveaux efforts. Un beau soir, la faim la roula dans la boue des priapées; elle s'y étendit de tout son long et ne se releva point.

Elle allait alors à vau-l'eau, mangeant à même ses gains de hasards, souffrant le jeûne quand la bise soufflait. — L'apprentissage de ce nouveau métier était fait; elle était passée vassale du premier venu, ouvrière en passions. Un soir, elle rencontra dans un bal où elle cherchait fortune en compagnie d'une grande gaupe, à la taille joncée et aux yeux couleur de terre de sienne, un jeune homme qui semblait en quête d'aventures. Marthe, avec sa bouche aux rougeurs de groseille, sa petite moue câline alors qu'il la lutina, sa prestance de déesse de barrière, son regard qui se mourait, en brûlant, affama ce naïf qu'elle emmena chez elle. Cet accident devint bientôt une habitude. Ils finirent même par vivre ensemble. Chassés d'hôtels en hôtels, ils se blottirent dans un affreux terrier situé rue du Cherche-Midi.

Cette maison avait toutes les allures d'un bouge. Porte rouilleuse, zébrée de sang de bœuf et d'ocre, long corridor obscur dont les murs suintaient des gouttes noires comme du café, escalier étrange, criant à chaque pesée de bottes, imprégné des immondes senteurs des éviers et de l'odeur des latrines dont les portes battaient à tous les vents. Ce fut au troisième étage de ce logis qu'ils choisirent une chambre, tapissée de papier à fleurs, éraillé par endroits, laissant couler par d'autres une pluie fine de plâtre. Il n'y avait même plus dans cet habitacle, les vases d'albâtre et de porcelaine peinte, la pendule sans aiguilles, la glace piquée par les chiures des mouches ; il n'y avait même plus ce dernier luxe des hôtels garnis, la gravure coloriée de Napoléon, blessé au pied et remontant à cheval ; les murs déshabillés pissaient des gouttelettes jaunes et le carreau, avec ses plaques de vernis écarlate, semblait une peau malade marbrée d'érosions rouges. Pour tout mobilier, un lit en bois sale, une table sans tiroir, des rideaux de perse bituminés et roidis par la crasse, une chaise sans fond et un vieux fauteuil qui se rigolait seul, près de la cheminée, riant par toutes ses crevasses, tirant comme pour les narguer, ses langues de crin noir par toutes les fentes de ses gueules de velours.

Ils y restèrent pendant huit semaines, vivant d'expédients, buvant et mangeant d'inénarrables choses. Marthe commençait à envier un autre sort, quand elle découvrit qu'elle était enceinte de plusieurs mois. Elle fondit en larmes, avoua à son amant que l'enfant n'était pas de lui, dit qu'elle lui rendait toute sa liberté, se l'attacha irrémédiablement par cette feinte et, d'accord avec le malheureux, se résolut à se priver du superflu pour mettre de côté la somme nécessaire à son accouchement.

Ils n'en eurent point la peine — une chute qu'elle fit dans l'escalier accéléra sa délivrance. Par une claire nuit de décembre, alors qu'ils n'avaient le sou, ni l'un, ni l'autre, elle ressentit les premières douleurs de l'enfantement. Le jeune homme se précipita dehors, en quête d'une sage-femme qu'il ramena sur l'heure.

— Mais on gèle ici, cria cette providence à cabas, en entrant dans la chambre; il faudrait allumer du feu.

Craignant que si cette femme devinait leur misère, elle ne demandât à être payée d'avance, Marthe pria son amant de chercher la clef de la cave au bois. — Elle devait être dans la poche de sa robe ou sur la cheminée. — L'autre était tellement ébahi qu'il cherchait presque sérieusement cette clef, quand Marthe se roidit, poussa un long gémissement et retomba, inerte et blanche, sur le grabat. — Elle venait de mettre au monde une petite fille.

La sage-femme nettoya l'enfant, l'enveloppa et s'en fût, annonçant qu'elle reviendrait le lendemain, au jour.

La nuit fut invraisemblablement triste. — La fille gémissait et se plaignait de ne pouvoir dormir; le garçon, mourant de froid, s'était assis sur le fauteuil et berçait la mioche qui vagissait de lamentable façon. Vers trois heures, la neige tomba, le vent se prit à mugir dans le corridor, ébranlant les fenêtres mal jointes, souffletant la bougie qui coulait éperdue, chassant de la cheminée les cendres qui volèrent dans la pièce. L'enfant était gelée et avait faim ; pour comble de malheur, ses langes se défirent et, rendu inhabile par ces raffales qui lui glaçaient les mains, le jeune homme ne put jamais parvenir à les remettre. Détail trivialement horrible, cette chambre sans feu le rendit malade et il ne sut plus que devenir, la pauvrette criant de plus en plus fort dès qu'il ne la berçait point.

Le résultat de cette veillée fut que l'enfant et l'homme moururent : l'une de faiblesse et de froid, l'autre d'une incomparable hydropisie que cette nuit hâta. Seule, la fille sortit de la tourmente, plus fraîche et plus affriolante que jamais. Elle vécut pendant quelque temps, à l'affût des carrefours jusqu'au soir où, découragée et ne trouvant plus elle-même de boue où ramasser son pain, elle fit la rencontre d'une ancienne camarade de fabrique. Celle-là n'avait pas eu besoin de toucher un récif, elle avait sombré en pleine mer, corps et biens. Cet incident décida du sort de Marthe. L'autre lui vanta les profits de sa condition, elle but deux verres de trop, accompagna son amie jusqu'au bord de l'antre, y hasarda un pied, croyant pouvoir le retirer quand bon lui semblerait.

Le lendemain elle était servante attitrée d'une buvette d'amour.

III

Encore qu'elle bût jusqu'à en mourir, pour oublier l'abominable vie qu'elle menait, elle n'avait pu se résigner à cette abdication d'elle-même, à cette geôle infrangible, à cet odieux métier qui n'admettait ni répugnance, ni lassitude.

Elle n'avait pu oublier encore, dans le morne abrutissement des ripailles, cette terrible vie qui vous jette, de huit heures du soir à trois heures du matin, sur un divan ; qui vous force à sourire, qu'on soit gaie ou triste, malade ou non; qui vous force à vous étendre près d'un affreux ivrogne, à le subir, à le contenter, vie plus effroyable que toutes les géhennes rêvées par les poëtes, que toutes les galères, que tous les pontons, car il n'existe pas d'état, si avilissant, si misérable qu'il puisse être, qui égale en abjects labeurs, en sinistres fatigues, le métier de ces malheureuses!

Les angoisses, les dégoûts de cette fille s'étaient ravivés ce soir-là. Elle gisait depuis vingt minutes, éboulée sur un amas de coussins, paraissant écouter le caquetage de ses compagnes, tremblant au moindre bruit de pas.

Elle se sentait écœurée et lasse, comme au sortir de longues crapules. Par instants, ses douleurs semblaient s'apaiser et elle regardait d'un œil ébloui les splendeurs qui l'entouraient. Ces girandoles de bougies, ces murs tendus de satin, d'un rouge mat, gaufré de fleurs en soie blanche, miroitant comme des grains d'argent, dansaient devant ses yeux et pétillaient comme de blanches étincelles sur la pourpre d'un brasier; puis sa vue se rassérénait et elle se voyait, dans une grande glace à cadre de verre, prostrée impudemment sur une banquette, coiffée comme pour aller au bal, les chairs relevées de dentelles, pimentées d'odeurs fortes.

Elle ne pouvait croire que cette image fût la sienne. Elle regardait avec étonnement ses bras poudrés de perline, ses sourcils charbonnés, ses lèvres rouges comme des viandes saignantes, ses jambes revêtues de bas de soie cerise, sa poitrine ramassée et peureuse, tout l'appât troublant de ses chairs qui frissonnaient sous les fanfioles du peignoir. Ses yeux l'effrayèrent, ils lui parurent, dans leur cerne de pensil, s'être creusés bizarrement et elle découvrit, dans leur subite profondeur, je ne sais quelle expression enfantine et canaille qui la fit rougir sous son fard.

Puis, elle regardait avec hébétement les poses étranges de ses camarades, des beautés falotes et vulgaires, des caillettes agaçantes, des hommasses et des maigriottes, étendues sur le ventre, la tête dans les mains, accroupies, comme des chiennes, sur un tabouret, accrochées, comme des oripeaux, sur des coins de divans, les cheveux édifiés de toutes sortes : spirales ondées, frisons crêpelés, boucles rondissantes, chignons gigantesques, constellés de marguerites blanches et rouges, de torsades de fausses perles, crinières noires ou blondes, pommadées ou poudrées d'une neige de riz.

Les peignoirs sans manches, rattachés aux épaules par des pattes rubantées de soie tendre, flottaient larges et laissaient entrevoir, sous leur diaphane ampleur, l'affriolante nudité des corps.

Les bijoux papillotaient, les rubis et les strass arrêtaient au passage des filées de lumière et, debout devant une glace, tournant le dos à la porte une femme, les bras levés, enfonçait une épingle dans la sombre épaisseur de sa chevelure.

Son grand peignoir de gaze remontait avec le mouvement des bras et laissait un large espace entre sa pâle vapeur et le granit des chairs ; les seins se redressaient aussi dans cet enlèvement des coudes et leurs orbes bombaient, blancs et durs, dans des frises de rosettes. Une raie filant de la nuque, un peu renversée, se brisait dans ces plis ondulants qui relient les hanches et, sillonnée d'une courbure profonde, la croupe renflait ses neigeuses rondeurs sur deux jambes que rosait, au dessus du genou, le serré des jarretières.

Et dans ce salon, tout imprégné des odeurs furieuses de l'ambre et du patchouli, c'était un vacarme, un brouhaha, un tohu-bohu! Des rires éclataient, semblables à des escopetteries, les disputes se croisaient en tous sens, charriant, dans leurs flots précipités, des roulements d'ignominies et d'ordures.

Soudain un coup de timbre retentit. Le silence se fit comme par enchantement. Chacune s'assit et celles qui dormassaient sur les banquettes, se réveillèrent en sursaut et se frottèrent les yeux, s'efforçant de rallumer pour une seconde la flamme de leur regard, alors qu'un passager montait sur le pont pour embarquer.

La porte s'ouvrit, et deux jeunes gens entrèrent dans la pièce.

La débutante baissait la tête, s'effaçant du mieux qu'elle pouvait, tâchant de se faire petite pour n'être pas remarquée, fixant obstinément les rosaces du tapis, sentant le regard de ces hommes fouiller sous la gaze.

Oh! qu'elle les méprisait ces gens qui venaient la voir! Elle ne comprenait pas que la plupart de ceux qui s'attardaient près d'elle, venaient oublier, dans l'énervement de sa couche, de persistants ennuis, de saignantes rancunes, d'intarissables douleurs; elle ne comprenait pas qu'après avoir été trompés par des femmes qu'ils aimaient, après avoir humé des vins capiteux dans des verres de mousseline et s'être déchiré les lèvres aux éclats de ces verres, la plupart ne voulaient plus boire que des vins frelatés dans les chopes épaisses des cabarets !

L'un de ces hommes lui fit signe. Elle ne bougeait, implorant du regard ses compagnes, mais toutes riaient et se gaussaient d'elle ; seule, Madame la fixait de son œil mort. Elle eut peur, se leva, comme ces mules qui, après s'être butées, s'élancent tout à coup sous le cinglement d'un coup de fouet; elle traversa le salon, trébuchante, assourdie par une grêle de cris et d'éclats de rire.

Elle montait l'escalier, s'appuyant au mur, sentant d'amères nausées lui battre la poitrine comme une houle ; une bonne ouvrit la porte et s'effaça pour les laisser passer.

Il entra et, elle, défaillante, laissa retomber derrière elle la lourde portière.

Elle se réveilla le lendemain, saoule d'ignominie, et n'eut qu'un but, qu'une idée, s'échapper de l'immonde maison, aller oublier au loin d'inoubliables maux.

L'atmosphère de cette chambre, alourdie par les émanations musquées des maquillages, ces fenêtres cadenassées, ces tentures épaisses, tiédies au souffle des charbons encore roses, ce lit démembré et saccagé par le pillage des nuits, la dégoûtèrent jusqu'au vomissement. Tout le monde dormait : elle s'habilla, descendit l'escalier en toute hâte, tira les verrous, et s'élança dans la rue. Ah! alors, elle respira! Elle marchait au hasard, ne pensant à rien. Elle était comme ivre. Soudain, le sentiment de ses maux la poigna, elle se rappela qu'elle fuyait les saturnales, qu'elle était en rupture de ban, et elle jeta un coup d'œil de bête épeurée autour d'elle.

Elle se trouvait alors dans le bas du boulevard Saint-Michel, lorsque deux sergents de ville descendirent tranquillement vers la Seine. Une indéfinissable angoisse lui serra la gorge, ses jambes fléchirent, il lui sembla que ces hommes allaient l'arrêter et la traîner au poste. Le soleil qui pleuvait en gouttes blondes sur l'asphalte bordée d'arbres, lui parut la mettre, seule, en lumière et montrer à tous qui elle était. Elle s'enfuit dans une de ces petites rues sombres qui relient le boulevard à la place Maubert. Elle se sentait plus à l'aise dans les ténèbres de ces portes qui bâillent sur les trottoirs. Elle reprit haleine dans l'un de ces corridors qui exhalent des bouffées de cave, puis elle reprit sa marche. Pendant ces quelques minutes de repos, l'affolement avait cessé, elle songeait à aller demander asile à l'une de ses amies qui demeurait rue Monge; elle frappa inutilement à sa porte et, sur l'assurance donnée par la concierge, qu'elle ne tarderait pas à rentrer, elle se mit à badauder, se promenant de long en large dans la rue. Elle regardait avec une attention déroutée les vitrines d'un marchand de jouets, les billes, les images d'Epinal, les polichinelles de bois, les petites marmites vernissées et vertes à l'usage des enfants, les fioles de parfumerie taillées à côtes, bouchées à l'émeri et coiffées d'un casque de peau blanche, les bouteilles d'encre rouge, les paquets d'aiguilles, enveloppées de papier noir, avec les armes d'Angleterre en or, les images de sainteté, les crayons Mangin.

Quand elle eut bien regardé, sans même le voir, tout ce misérable éventaire, elle revint chez la concierge. Son amie n'était pas encore rentrée.

Elle se promena de nouveau : une soif ardente lui brûlait la gorge; elle s'arrêta devant un marchand de vins, se demandant si elle y devait entrer. Elle était devenue plus peureuse qu'un enfant. Elle resta bien pendant dix minutes, en arrêt devant l'étalage, lisant à voix basse l'étiquette des bouteilles, regardant des fioles carrées d'eau de vie de Dantzick, aux pluies d'or tombées, des litres d'orgeat semblables à des huiles figées, des bouteilles de cognac et de cassis, des bocaux de cerises roses, de prunes vertes, de pêches blondes. Elle poussa enfin la porte et une odeur de vinée lui sauta à la gorge. Elle demanda au marchand un demi-litre de vin et un siphon d'eau de Seltz.

Il lui sembla que le cabaretier la regardait insolemment. Se doutait-il, lui aussi, de quel bagne elle s'était échappée? Inquiète, honteuse, elle se réfugia dans une petite salle attenant à la boutique.

Le marchand la fit attendre un grand quart d'heure au moins avant que de la servir; puis il jeta le tout sur la table et se précipita devant un homme qui cria, en poussant la porte :

— Un coup de jus, mon vieux birbe, et une croûte de brignolet !

— Tiens, vous voilà donc, Monsieur Ginginet, fit l'homme.

— Oui, c'est moi. Je cours comme un dératé depuis ce matin. Imaginez-vous, mon vieux, que je suis chargé par mon singe de remonter le personnel du théâtre de Bobino. Peu d'argent et des étoiles de première grandeur, des comètes, quoi! C'est sa devise à cet homme. Enfin, j'ai couru chez Rodaln, chez Machut, chez Adolphe, je les ai engagés; il ne me manque plus que des chanteuses; et ce disant, Ginginet se tailla une large miche de pain et avala, coup sur coup, plusieurs verres. Entre deux rasades, il aperçut Marthe qui reposait, sombre, presque farouche, dans le fond du cabinet. Il se mit alors à débiter ses bons mots de coulisses, à dévider sa bobine de gracieusetés. Quand il la vit sourire, il l'invita à prendre une tasse de café; elle refusa; mais ce diable d'homme était si déluré, si jovial, il avait l'air d'un si vrai gaule-bon-temps, qu'elle finit par lier conversation avec lui. Ginginet l'examinait : elle est superbe, murmurait-il; avec un costume neuf elle allumerait une salle. Elle a l'air panné et honteux, ça aura fait des bêtises, ça n'a peut-être pas seulement de domicile; si elle a un tantinet de voix, je l'engage séance tenante; une luisarde ramassée chez un mannezingue! Je lui apprends le chant et l'art dramatique en quinze jours. A défaut de talent, elle est jolie, c'est le principal au théâtre.

Elle accepta ; elle se sentait sauvée. Quinze jours après, elle débutait à Bobino.

Cette nouvelle vie lui plut. Comme toutes les malheureuses que la misère et l'embauchage ont traînées dans les clapiers d'une ville, elle éprouvait, malgré elle, malgré l'horrible dégoût qui l'avait assaillie lors de ses premières armes, cet étrange regret, cette malacie terrible qui fait que toute femme qui a vécu de cette vie, retourne s'y replonger un jour ou l'autre.

Cette existence de fièvres et de saouleries, de sommeils vaincus, de papotages perpétuels, de va-et-vient, d'entrées, de sorties, de montées, de descentes des escaliers, de lassitudes domptées par l'alcool et les rires, fascine ces misérables avec l'attirance et le vertige des gouffres.

Ce qui avait sauvé Marthe de l'épouvantable récurrence, c'était d'abord le peu de temps qu'elle était restée dans cette maison, c'était surtout la vie affolante des coulisses, cette exhibition devant un public dont les yeux brûlent, cette camaraderie avec les acteurs, cette hâte, cette bousculade de toutes les minutes, le soir, alors qu'elle s'habillait et répétait son rôle. La fièvre du théâtre avait été pour elle l'antidote le plus puissant contre le poison qu'elle avait absorbé.

IV

Chemin faisant, bras dessus, bras dessous, Marthe et Léo devisaient de choses bêtes. Ils suivaient alors à contre-val la rue de Madame et allaient gagner la Croix-Rouge.

La conversation devenait de plus en plus bête. Les louanges sur son costume, sur sa voix, les potins du théâtre, les demandes de la femme au sujet de la rue qu'il habitait, étaient épuisés. Un chien les regardait passer sur le trottoir et hurlait sans raison : ils parlèrent des chiens. Lui, préférait les chats, elle, les toutous frisés, ces affreux roquets dont la gueule pue quand ils ont mangé de la viande ou du sucre. Cette discussion fut bientôt close. Ils ne dirent mot pendant quelques minutes, puis un pochard dévala d'une rue, battant les murs, et ils déblatérèrent sur les ivrognes, puis se turent. Un sergent de ville passait. Elle eut un petit frisson dans le dos. Il essaya de l'égayer, elle ne semblait plus l'entendre. En vérité, il était temps qu'ils arrivassent.

Le gaz était éteint. Léo prit la main de Marthe et la guida au travers de la cour jusqu'à l'entrée du corridor. Là ils s'arrêtèrent, il enflamma son rat de cave et elle vit les premières marches d'un escalier qui tournait dans le noir. Quand il ouvrit sa porte, un grand feu de charbon teignait de plaques rouges les tentures d'une petite chambre et allumait de foyers étincelants le verre des cadres appendus aux murs. Marthe enleva son chapeau, son mantelet de zibeline et s'assit dans un vaste fauteuil de cuir qu'il roula près du feu. A ses pieds, ramassé à croppetons, il la regardait, émerveillé de sa taille plus souple que la lance des roseaux et se mourait d'envie de baiser ses cheveux qui se tordaient en mêches folles sur la neige rosée du cou. Une épingle se détacha et une longue spirale se déroula sur sa robe de drap d'un vert presque noir qui l'étreignait comme un vêtement japonais, dessinant le serpentement de sa gorge, la corniche de ses hanches. Avec ses longs yeux noirs splendidement lumineux, ses lèvres en braises, ses joues rondes, elle ressemblait ainsi, moins le costume si fastueusement pittoresque, à Saskia, la première femme de Rembrandt, celle dont Ferdinand Bol nous a retracé l'image dans un merveilleux portrait.

Marthe se leva. Tiens, regarde donc, dit-elle, ces gens qui boivent, et elle touchait avec l'amande rose de son ongle, une copie de Jordaens, « le Roi de la Fève » puis elle rit, gorge éployée, à la vue de ce monarque coiffé d'une couronne de paillon, aux cheveux dégringolant à la débandade, sur la serviette attachée au cou ; elle se divertit à contempler cette tablée de joyeux drilles qui braillent, fument, crient à tue-tête : le Roi boit ! le Roi boit ! Léo lui avait pris la main et lui montrait, tout en l'embrassant, les femmes du tableau, cette populacière ventrue qui torche son enfant tandis que le chien vient le flairer et les deux autres plus élancées, plus blondes, qui rient et boivent, toutes voiles dehors, les vins couleur de lumière, les bières couleur d'ambre.

Elle eut comme une rapide vision des gogailles passées.

Mais ni ces opulences, ni ces fougues, ni ces débauches de chairs à la Rubens, ni ces pourpris de lys et de vermillon, ni cette plénitude, ni cette somptuosité de charnure, ni ces remous, ni ces vagues de carmin et de nacre ne la tinrent longtemps. Elle regarda, sans s'y arrêter, différents tableaux, puis demeura songeuse devant une gravure d'Hogarth, un des épisodes de la vie des courtisanes. Ces drôlesses dépoitraillées, ce jeune homme ivre à qui une ravissante fillette dérobe sa montre, ces tréteaux pleins de verres renversés, de catins qui s'injurient, se crachent à la face, se menacent de coups de couteau, cette coquine dont le harnais, le corsage, les jupes, gisent fripés à terre et qui remet sur des bas de soie ses brodequins à revers, cette figure piquée de mouches aux lèvres et au front et dont un des seins dévale de la chemise pendante, ces deux malandrins loqueteux qui ululent à la porte et reflètent dans un plat de cuivre la flamme d'une bougie, évoquèrent en elle des souvenirs précis et elle demeura, fascinée, muette; et comme sortant d'un songe, dit entre ses dents : Comme c'est bien cela !

Elle s'assit de nouveau dans le fauteuil, lui, se mit à cheval sur une chauffeuse et tisonna le feu. Ils étaient déconcertés. Elle songeait à sa vie d'autrefois. Tous ses souvenirs se réveillaient. Ces allures de bouge, cette saveur de fille qu'elle s'étudiait à faire disparaître, reparurent tout à coup et l'obsédèrent invinciblement. Plus elle s'observait et plus les mots étranges, plus les maladresses, plus les expressions qu'elle eût voulu oublier, lui revenaient et jaillissaient, malgré elle, de ses lèvres. Elle rompit la conversation que Léo avait reprise et regarda le foyer d'un air si sombre que son amant ne sut plus, ni que dire, ni que faire.

Sur ces entrefaites, la pendule qui jasait sans relâche, comme pour les railler de leur silence, sonna deux heures. Marthe leva la tête. Léo saisit l'occasion et lui dit :

— Je crois qu'il serait temps de nous coucher.

Et tandis qu'elle passait dans l'autre chambre, il s'enfouit dans le fauteuil qu'elle venait de quitter, et se plongea dans ses réflexions.

A vrai dire, elles n'étaient pas gaies. Ce garçon s'était affranchi de bonne heure de la servitude maternelle et il avait tant mésusé de la liberté acquise que, vengeresse des mœurs, la débauche l'avait flétri, corps et âme. Se sentant un vrai talent que devaient apprécier les artistes et honnir les bourgeois, il s'était jeté, tête baissée, dans le marécage des lettres. Il n'y avait malheureusement pas un pied d'eau à l'endroit où il avait plongé ; il se meurtrit si violemment sur les pierres du fond qu'il se releva découragé avant même que d'avoir tenté de gagner le large. Il vivait de sa plume, autrement dit, il vivait de faim. A force de tourmenter l'idée, d'essayer de rendre les bizarreries qui le hantaient, les nerfs se tendirent et une immense fatigue l'accabla. De temps à autre, dans les bons moments, il écrivait une page fourmillant de grotesques terribles, de succubes, de larves à la Goya, mais le lendemain, il se trouvait incapable de jeter quatre lignes et peignait, après des efforts inouïs, des figures vagues qui défiaient l'analyse et qui échappaient à l'étreinte de la critique.

Ce qu'il rêvait comme un excitant d'esprit, comme un coup de gong qui réveillerait son talent assoupi, c'était une fantaisie monstrueuse, de poëte et d'artiste : une femme qui l'aimât, une femme vêtue de toilettes folles, placée dans de curieux arrêts de lumière, dans de singulières attitudes de couleurs, une femme invraisemblable, peinte par Rembrandt, son Dieu ! une femme insolemment fastueuse dont les yeux brasillassent avec cette indéfinissable expression, cette ardeur de vie presque mélancolique du chef-d'œuvre du Van Rhin, « la femme du salon carré au Louvre ! » Il la voulait ainsi, avec une peau couleur d'ambre, et même une pointe de rouge sur la pommette et de cendre bleue sous l'œil et il la désirait avec un esprit alambiqué et savant ; il la demandait excessive et troublante à des moments convenus, sage et dévouée pour l'ordinaire. Ce rêve impossible, cette appétence irréalisable, cette convoitise de sagesse et d'imprévu, à heure fixe, le torturaient. Marthe lui avait semblé, avec ses gaspillages de crinière, ses yeux de fêtes, sa bouche affamée, remplir cet idéal qu'il poursuivait vainement. Il l'avait admirée sur la scène, tour à tour provocante et naïve, il comptait autant sur la comédienne que sur la maîtresse pour jouer le rôle qu'il lui assignait dans leur tête-à-tête.

Il songeait à cela. Il se souvint, tout à coup, que sa place n'était pas dans un fauteuil et il passa dans la chambre à coucher.

Marthe s'endormit, surprise. Elle qui avait été la servante résignée de chacun, elle n'avait pas encore vu pareil homme ; ce salpêtre étonnant, cette jeunesse ravivée et pleine de mots enthousiastes, de lyrismes fous, de respects perdus, la ravirent. Elle se dit que ceux qui aimaient étaient sans doute ainsi faits et elle lui fut reconnaissante de n'avoir pas évoqué dans sa couche le souvenir des anciennes défaites. Elle qui avait guidé tant de passants vers les Cythères, à tant la course, elle oublia de faire des comparaisons. Léo fut vraiment son premier amant.

Le lendemain, au petit jour, le jeune homme la regarda et demeura indécis : elle sommeillait, bouche en *o*, jambes en *i*, torse au vent et gorge au diable ! Il se demanda s'il ne la renverrait pas comme les autres ; il retira sa main qui s'était coulée sous la tête de Marthe, elle ouvrit les yeux et sourit si gentiment qu'il l'embrassa et lui demanda si elle avait bien dormi. Pour toute réponse, elle l'enlaça de ses bras et baisa ses lèvres, à petites lappées. Il perdit la tête.

Il la jugea digne de toutes les tendresses et de tous les dévouements, mais ce qui le désarçonna quelque peu, ce fût le lever. Elle s'habilla comme toutes les filles, s'assit sur le bord du lit, enfila ses longs bas mauve, mit les boutons de ses bottines avec une épingle à cheveux, rabattit sa chemise sur ses jambes et, se trouvant près de la toilette, fit comme toutes, entr'ouvrit le rideau de la croisée et regarda dans la cour. Quelle femme n'avait eu ce geste ? Quelle femme n'avait fait cette sotte demande : as-tu du savon, tiens, de la poudre de riz ! oh ! comme elle sent bon, elle est à la maréchale, dis ?

Il se reprocha de l'avoir crue autre que ses compagnes et pourtant, quand elle resserra dans sa robe tous les trésors qu'elle en avait tirés la veille, il éprouva comme un regret. Il était peiné qu'elle s'en fût : il la retint à déjeuner. Elle attendait sa blanchisseuse, elle devait être rentrée de bonne heure. Cette réponse l'exaspéra. — Toutes les femmes qui veulent s'en aller, attendent leur blanchisseuse, il ne le savait que trop ! Elle céda cependant et tandis qu'elle ôtait son chapeau et défaisait son manteau, le poëte héla dans la cour le concierge.

Romel, c'était son nom, leva la tête et, grave, glapit : j'y vas. Il montait une heure après.

— Allez me chercher, lui dit Léo, des beefsteaks, un pâté, du fromage, un gâteau et deux bouteilles de Moulin-à-vent.

— Entendu. Et se penchant avec des airs de confidence à l'oreille de Léo, Romel susurra : Dites donc, à propos, j'ai acheté ces jours-ci une glace Louis XVI épatante, je ne vous la vendrai pas cher.

Quelqu'invraisemblable que cela puisse paraître, Romel, concierge et savetier de son état, avait peint dans sa jeunesse des marines. A l'en croire, il avait eu « des dispositions ». Actuellement il brocantait un tas d'ordures, s'efforçant de les vendre à ses locataires, le matin surtout, alors qu'ils n'étaient pas seuls. Il jugeait des charmes et des friandises du compagnon de nuit par le ton du refus — car tous lui refusaient avec ensemble. — Ce matin-là, Léo lui répondit non, doucement. Il conclut de suite, que la femme qu'il avait amenée viendrait souvent lui demander la clef du local et il se promit de la saluer très-bas lorsqu'elle partirait.

Tandis qu'il se rendait chez le marchand de

vins du coin, pour commander le déjeuner, Léo alluma un grand feu de sarments et comme Marthe, assise sur la chauffeuse, relevait un peu la tête, il baisa à gorgées lentes, son cou, ses lèvres et ses yeux qui, se fermant, palpitèrent sous la chaude haleine de sa bouche. Il songeait aux exploits du fils de Jupiter et d'Alcmène, à Hercule, tueur de monstres, quand Romel entra, suivi d'un garçon qui charroyait dans une serviette et mangers et vins. Il dressa la table et partit. Léo et Marthe étaient en face l'un de l'autre, elle, mangeait avec appétit, lui, ne bougeait, l'écoutant faire sonner le doux carillon des mâchoires; l'eau sifflait dans la bouillotte, elle la versa sur le café, puis ils se rapprochèrent et dans l'intervalle du bruissement de leurs lèvres, l'eau chanta s'égouttant au travers du filtre. A l'étage du dessous, une pianiste tapotait un air de *Faust*. Au dehors une voix de pauvresse, alternant avec le clapotis du piano, s'élevait, dans un silence d'hiver, célébrant la gloire de l'amour, et les ineffaçables victoires du petit « Dardant ». Ils étaient engourdis par la chaleur des braises; aucun d'eux n'eût le courage d'ouvrir la fenêtre et de jeter un sou. Ils s'assoupirent à écouter ce chant monotone;

elle se leva enfin, s'étira, l'embrassa et s'enfuit, après lui avoir donné rendez-vous pour le soir même, au théâtre.

Il se trouva esseulé quand elle eût franchi la porte ; son logement lui parut triste et froid. Il s'habilla et sortit. Il fallait tuer la journée. Il s'en fut relancer un éditeur qui lui devait de l'argent : Il n'en put tirer un sou. Alors, il erra sur le boulevard et entra dans un café ; trois heures sonnèrent à un œil-de-bœuf, juché au-dessus d'une étagère à bouteilles. Il s'assigna la tâche de rester sur la banquette pendant une heure. Il lut et relut tous les journaux, bâilla, alluma un cigare, fit la remarque que les gens qui l'entouraient tenaient des conversations idiotes, que deux poussahs, dont l'un avait un bec de lièvre et l'autre un œil bigle, riaient comme des pleutres, en jouant au billard, regarda de nouveau la pendule, appela le garçon qui vint trop vite à son gré et sortit, se reprochant de n'avoir pas attendu, pendant cinq minutes de plus, que l'heure fût sonnée.

Il badauda, regarda les éventaires, enfila un passage, sourit à une petite fille qui sautait à la corde, marcha à pas redoublés jusqu'à la Bastille, n'admira point le génie qui bat un entrechat sur son fût, revint en arrière, rentra dans un café, se fit servir un bitter, relut les journaux qu'il connaissait et repartit. Il fut heureux de rencontrer, à la hauteur de la rue Vivienne, un ami qu'il évitait d'ordinaire; il lui offrit l'absinthe et quand l'aiguille marqua six heures, il le quitta précipitamment.

Le moment approchait où il devait revoir Marthe. Il avait mal dîné, sans appétit et sans soif; il courut à la rue de Fleurus et se rendit au foyer où étaient rassemblés tous les acteurs.

C'était jour de première. Ginginet était ce soir-là plus grincheux et plus bougon que de coutume. Ses gambilles se désossaient, disait-il, en se tapotant les jambes. D'ailleurs, il crevait de dépit, il venait de perdre trois manches au bezigue et la quatrième était bien compromise, car Bourdeau, son partner, venait d'annoncer le 250, et comme il avait dans son jeu les deux as d'atout, il annihilait du même coup, pour son adversaire, tout espoir de revanche.

Ginginet grommelait, le nez sur ses cartes. Quarante de galapiats, hurla-t-il rageusement en jetant quatre valets sur la table; et il se leva un instant pour aller voir au travers de l'œil du rideau la composition de la salle.

Il revint exaspéré.

— Tous des portiers et les lampistes, clama-t-il, et avec cela des gonsesses en soie et des pommadins ! Il n'y a dans tout le public qu'un Andalous qui reluise et encore il est grêlé, un vrai grenier à lentilles ! Ah ! parole ! ça me dégoûte de jouer devant des têtes comme celles-là. A propos, si nous comptions les brisques ?

— Je ne joue plus que pour 20, soupira Bourdeau.

— Et moi pour 500, gronda Ginginet, je suis cuit ! Eh ! dis donc, Marthe, ma petite gigolette, que devient ce plumitif qui t'adore ? L'aimes-tu toujours, vaurienne ? Eh ! voyons, ne fais pas ta tête, tu vois bien que je blague. Tiens, je t'offre de fioler avec nous une tasse de café et un verre de camphre, ça va-t-il ?

— En scène ! en scène ! cria le régisseur.

— Au diable ! glapit Ginginet furieux.

Mais comme la toile se levait, force fut au cabotin de dissimuler sa mauvaise humeur et de faire son entrée.

Léo qui venait d'arriver, embrassa Marthe et se blottit derrière un portant.

La pièce tomba à plat. Les trognons de pommes

volèrent, les imitations du bubulement des hibous dominèrent le bruit que faisaient à l'orchestre deux tristes vieillards sans cheveux, qui chatouillaient la panse des violoncelles. Marthe et Léo prirent la fuite. Ce fut un sauve qui peut général. Le rideau s'abaissa. Il ne restait plus sur la scène que Ginginet et les deux auteurs de la pièce qui se regardaient atterrés.

Le comédien les consola par de bonnes paroles :

— Jeunes gens, dit-il, si le métier d'auteur dramatique ne vous donne pas du pain, il vous octroie du moins des pommes. Ça vous servira à faire des chaussons. Quant à mon avis sur votre œuvre, le voici : ceux qui l'ont sifflée sont des justes, ceux qui m'ont bombardé de projectiles sont des cancres. Et maintenant, sonnez, trompettes, je décale !

V

Marthe prit l'habitude de venir coucher tous les soirs chez Léo. Elle finit même par apporter la moitié de sa garde-robe, ne voulant pas quand il pleuvait se lever de bonne heure pour aller chez elle changer de costume.

Un mois durant, ils crurent s'aimer puis, un beau jour, une double catastrophe s'abattit sur eux. Le théâtre fit faillite et le journal où Léo écrivait suspendit ses paiements.

Le poëte perdait dans cette débâcle cent francs de copie, et Marthe se trouvait sur le pavé, sans place.

Elle pleura, dit qu'elle ne voudrait pas être à sa charge, qu'elle chercherait et trouverait un autre emploi, que d'ailleurs Ginginet était son ami et que, dans quelque théâtre qu'il entrât, elle serait sûrement engagée avec lui.

Léo qui détestait le comédien et se sentait de furieuses envies de le giffler, quand il la tutoyait ou la houspillait avec ses gracieusetés de barrière, lui déclara nettement qu'il ne consentirait jamais à ce qu'elle le revît.

— Comment faire alors, soupira-t-elle?

Il eut un geste d'ignorance. Au fond, tous deux avaient la même pensée et chacun attendait que l'autre l'exprimât pour l'accepter aussitôt.

Il ne pouvait supporter les frais de deux termes. Il fallait aviser au moyen de n'en payer qu'un. La dépense serait ainsi diminuée de moitié. Le restaurant et la femme de ménage seraient économisés. Elle se chargeait de faire la cuisine, de tenir l'appartement propre, de raccommoder son linge, de le blanchir; elle pourrait au besoin coudre ses robes et bâtir ses chapeaux elle-même. Léo finit par se convaincre qu'il vivrait à deux à meilleur compte que lorsqu'il était seul.

Quand ce projet fut décidé, le poëte n'eût plus de cesse qu'il ne fût mis à exécution. Il la pressa de faire ses malles, emprunta de l'argent pour acquitter sa note à l'hôtel qu'elle habitait, cloua, décloua, rangea tout à nouveau chez lui pour qu'elle pût y installer ses affaires. Leur première soirée de noce fut sans pareille, Marthe rétablit l'ordre de la maison, nettoya les tiroirs, mit de côté le linge à repriser, épousseta les livres et les tableaux et quand il revint pour dîner, il trouva bon feu, lampe ne fumant pas comme d'habitude, et, dans son fauteuil, une femme gentiment ébouriffée qui l'attendait, les pieds au feu, le dos à table.

— Comme je vais travailler, se dit-il, maintenant que je suis si bien chez moi !

En attendant, l'argent fuyait, bride avalée. Tous les jours c'était une dépense nouvelle : des verres, une carafe, des assiettes ; il fut effrayé, mais il se consola, se répétant qu'une place de deux cents francs par mois lui était réservée dans un nouveau journal ; le tout était de prendre patience; dans quelques mois sa situation serait meilleure.

Le journal mourut avant que de naître, la misère vint et, avec elle, les terribles désillusions du concubinage.

Les premiers temps, chacun s'efforce d'être aimable, c'est à qui devancera les désirs de l'autre et cédera à toutes ses volontés. L'on sent bien alors que la première dispute en engendrera d'autres, mais la misère dégrise. Grâce à elle, le vin d'amour est bien vite cuvé. Léo commençait à voir clair. Il était d'ailleurs harassé par ces mille petits riens qui désolent à la longue. Pourquoi s'obstinait-elle à ne pas vouloir laisser son fauteuil devant son bureau? Pourquoi cette manie de lire ses livres et d'y faire des cornes? Et puis, pourquoi cette volonté bien arrêtée de pendre sur son paletot et sa culotte, ses jupes et ses peignoirs, alors qu'elle aurait pu les accrocher à un autre clou et ne pas le contraindre à enlever toute une charretée de linge pour prendre sa vareuse? Il fallait subir aussi l'odeur de la cuisine, la senteur lourde du vin dans les sauces, l'écœurante grillade de l'oignon dans la poêle, voir des croûtes de pain traîner sur les tapis, des bouts de fil sur tous les meubles; son salon se trouvait bouleversé de fond en comble. Les jours de savonnage, c'était encore pis! Il fallait bien cependant poser la planche à repasser sur son bureau et sur une autre table, faire essorer le linge sur des traverses dans l'entrée. Ces flaques d'eau sur le parquet, cette arome fade de la lessive, cette buée du linge qui mouillait ses cuivres et ternissait ses glaces, le désespérèrent.

Ces désagréments qui se répétaient tous les jours, cette absence des amis que la présence de la femme éloigne, cette impossibilité de travailler près d'une maîtresse qui, n'ayant plus rien à faire, veut causer et vous raconte tous les cancans de la maison, l'insolence du concierge à qui l'on a retiré le ménage et qui se venge par mille tracasseries, la femme qui sent cette hostilité contre elle et qui insiste pour que l'homme s'en mêle et la fasse cesser, sa moue dépitée quand il sortait le soir pour affaires, ou que, pressé de travail, il lisait ou prenait des notes, dans son lit, les doléances sur l'état de sa robe qu'elle ne pouvait plus raccommoder, ce soupir qui disait si clairement, à la vue d'une chemise trouée, que d'ici à quelques jours il en faudrait de neuves; cette opiniâtreté enfin à gémir quand l'argent manquait et à le faire mal dîner parce qu'elle avait dû se procurer des gants, l'exaspérèrent.

Et puis, quel avantage avait-il depuis que sa liberté était perdue? Qu'étaient devenues les robes traînantes, les jupes falbalassées, les corsets de soie noire, tout ce factice qu'il adorait? La comédienne, la maîtresse avait disparu, il ne restait que la bonne à tout faire.

Il n'avait même plus cette joie des premiers jours de leur liaison, quand il se disait en route : ce soir elle viendra. Le pas qui se presse pour arriver plus tôt, cette angoisse même qui vous opprime quand l'heure est passée et que l'on n'entend point le pas connu monter et s'arrêter devant votre porte, oh! que tout cela était loin! Plus de bonnes conversations au coin du feu, avec des amis ; plus de discussions intelligentes sur tel ou tel livre, sur tel ou tel tableau. Allez donc parler littérature et beaux arts devant une femme qui bâille dans sa main, qui regarde furtivement la pendule, qui semble vous dire : mais, allez donc vous en, que nous nous couchions! Ce suicide d'intelligence que l'on nomme « un collage », commençait à lui peser.

Elle, de son côté, n'était guère plus satisfaite. Elle le trouvait froid, plus occupé de son art que d'elle-même; elle se révoltait contre ses silences ou ses bouderies. Ils s'accusaient mutuellement d'ingratitude. Léo s'imaginait avoir fait un grand sacrifice en associant Marthe à sa vie, elle, était convaincue qu'elle se dévouait pour lui. Elle faisait tout, récurait les meubles, lavait le plancher et la vaisselle, blanchissait son linge, ne voyait plus ses anciennes camarades qu'il avait mises poliment dehors, et, en échange de tout cela, elle avait la misère! Elle ne pouvait seulement pas s'acheter une robe!

Au reste, elle se lassa vite du travail de chaque jour, le ménage fut balayé à la diable, le repas préparé à toute volée; elle faisait monter d'une gargotte des parts de lapin, des tranches de gigot cuit au four. Léo se plaignit.

— Et de l'argent, disait-elle?

Et quand il répliquait qu'il était moins cher de faire cuire la viande chez soi que de l'aller chercher, toute prête, au dehors, elle gémissait, se disait exténuée, ne demandant qu'à dormir. Elle ne desservait même pas la table, se déshabillait avec des gestes d'épuisement, s'étendait dans le lit;

disant tous les quarts d'heure à son amant qui travaillait: tu ne viens donc pas ?

Il répondait en grognant; puis, de guerre lasse, il laissait son travail et se couchait. Alors, elle ne bougeait, faisant semblant de dormir, se rejetant avec peine sur le bord du lit, pour lui faire place dans la ruelle ; elle lui tournait obstinément le dos, retirant ses jambes aussitôt qu'il approchait les siennes pour les réchauffer. Impatienté, il éteignait la lampe et s'essayait à dormir.

Ces taquineries puériles, ces bouderies de femme l'agaçaient, et comme elles se renouvelaient chaque fois qu'elle se mettait au lit seule, il finit par céder et, pour avoir une maîtresse aimable, il dut fermer les yeux à des heures stupides. Au reste, Marthe ne lui en fut pas reconnaissante, trouvant qu'il manquait de volonté et se promettant bien d'user de sa faiblesse à la première occasion.

Il était avec cela jaloux et, après une dispute causée par des taches de boue à sa robe, qui dénonçaient clairement, malgré les dénégations qu'elle lui opposa, qu'elle n'était pas restée chez elle toute la journée, leur vie en commun devint insupportable.

Elle sortit pendant qu'il corrigeait ses épreuves dans un bureau de journal ou qu'il fouillonnait des livres dans une bibliothèque, et elle nia mettre les pieds dehors; il ne pouvait cependant s'astreindre à la surveiller; mais parfois il vérifiait le livre des dépenses, cherchant si le ruban de velours, si le chapeau qu'elle avait achetés étaient inscrits. Il recommençait les additions, craignant que ces emplettes n'y figurassent point, se demandant si la somme qu'il lui avait remise avait été totalement employée aux besoins du ménage, avec quel argent elle avait pu faire ses acquisitions nouvelles.

Tout à coup ses absences cessèrent; elle refusa, et avec une ténacité qu'il ne put vaincre, de sortir avec lui dans la rue. Il attribua ce brusque changement à l'un de ces caprices de femme contre lequel serait bien fou qui se buterait. Pour qu'il pût comprendre l'obstination de cette fille, il lui eût fallu connaître son passé et il n'en connaissait que les bribes qu'elle lui avait servies dans des moments d'expansion raisonnée. La vérité était que Marthe avait revu d'anciennes amies, que s'étant posé, un jour de détresse, la question de la marguerite : « l'aimerai-je un peu, beaucoup, passionnément ? » elle avait répondu : beaucoup ! Mais enfin on peut avoir de l'affection pour un homme et cependant ne pas lui rester fidèle, cela se voit tous les jours; elle avait donc tenté de s'aboucher avec des hospodars de la halle au blé, des gens riches si jamais il en fût ! Elle avait presque ébauché une liaison avec l'un d'éntr'eux, quand elle rencontra un agent de police qui la dévisagea curieusement. Sa situation n'était pas claire. D'un moment à l'autre, la Préfecture pouvait mettre la main sur elle; elle avait fait partie d'un bagne d'amour, elle s'était évadée; les limiers des mœurs pouvaient la reprendre.

Elle en vint à tressaillir quand le vent soufflait sous la porte ou qu'un porteur d'eau montait pesamment les marches. Elle ne sortait plus que pour aller aux provisions et rentrait aussitôt. Cette vie de transes et d'angoisses ne lui laissa plus un instant de répit. Elle s'ivrogna pour oublier ses épouvantes; elle buvait du rhum à plein verre, accroupie sur une peau de bête devant un feu rouge et elle souriait aux flammes, hébétée, muette, frissonnant et se passant avec un geste épuisé les mains sur le front; la chaleur terrifiante des braises l'étourdissait, la tête lui tournait, sa volonté s'affaissait avec son corps, elle était comme liée et ne pouvant remuer bras ou jambes, elle dormassait, saoule et pâmée, devant le feu de charbon qui ronflait et lui brûlait la face. Parfois même, au lieu de cette torpeur qu'elle cherchait, la fièvre l'empoignait et avec elle l'hallucination, et de longs anéantissements d'où elle se réveillait brisée et comme morte. A ce jeu sa raison finissait par courir la pretentaine et sa tête, après s'être balancée sur sa gorge avec des nutations de magot, tombait pesamment sur ses genoux relevés et elle restait ainsi, inerte, abrutie, jusqu'à l'arrivée de Léo qui ouvrait toutes les fenêtres et, furieux, la traînait à l'air.

Sa patience se lassait. Un jour qu'elle butait contre les meubles, battue et comme aveuglée par d'atroces névralgies, il jeta toutes les bouteilles par la fenêtre. Elle le regarda avec cet œil résigné des chiens qu'on fouaille, puis elle se leva et, tout en larmes, le serra étroitement, lui demandant pardon, lui promettant de n'être plus malade, de lui rendre la vie heureuse.

Un soir qu'il rentrait, ramassant une lettre que

le concierge, fatigué de l'attendre, avait glissée sous sa porte, il s'approcha de la lampe, ouvrit l'enveloppe, devint affreusement pâle et deux grosses larmes jaillirent de ses yeux.

Marthe éclata en sanglots. Quand elle sut que la mère de son amant était bien malade, elle eut une attaque de nerfs qui la secoua, affolée, trépidante, sur le lit. Il lui fut reconnaissant de cet excès de sensibilité. C'était, à la vérité, jeu de nerfs tendus plus qu'émotion vraie et cependant, au mot de « mère, » elle avait senti comme un coup dans la poitrine. Son enfance à laquelle elle s'efforçait de ne pas songer, lui était subitement apparue, sa mère à elle était morte à la peine, elle la revoyait, se penchant sur son berceau, baisant ses mains quand elle les sortait du lit, lui souriant avec des larmes quand la chambre était froide. Un vieil air qu'elle lui chantait lui revint par bribes ; elle tenta de le retrouver, mais cette tension de mémoire achevant de la briser, elle s'endormit d'un sommeil de plomb jusqu'au lendemain matin.

Quand elle se réveilla, son amant était déjà debout et prêt à partir. Elle l'embrassa avec effusion, lui promit de lui écrire, voulut l'accompagner jusqu'au chemin de fer, mais il était déjà en retard. Le temps qu'elle se vêtit, il manquerait sûrement son train. Elle dut renoncer à son projet.

Lorsque Léo fut parti, elle enfila rapidement ses jupes. Elle avait besoin de marcher, d'aller à l'air; elle traita de folle sa peur des agents de la police et passant d'un excès à un autre, sans mesure, elle eût voulu les trouver devant elle, les narguer, leur dire en face : « vous n'êtes que de sales roussins »; mais cette surexcitation tomba dès qu'elle fût sortie.

Elle s'en fut voir une de ses camarades qui desservait l'un des plus infimes caboulots de la rue de Vaugirard. La salle était presque vide lorsqu'elle y entra et pas encore balayée. Les glaces rendues troubles par la pommade des têtes qui s'y étaient posées, étaient claires en haut et ternes en bas; le plancher, poudré de rouge, était étoilé de flegmes et de crachats secs, d'épaves de cigares et de bourres de pipes, le marbre des tables gluait avec ses ronds de verres poissés et, au fond, sur un divan, gisait, infamie vivante, le père de la patronne, chargé de faire manœuvrer la pompe de la bière.

La salle sentait la vapeur refroidie du tabac, l'odeur particulière aux estaminets. Le vieil homme reniflait en somnolant et Maria, l'amie de Marthe, assise sur une banquette, bâillait aux mouches. Après qu'elles se furent embrassées, Maria entraînant Marthe dans la cuisine, lui dit précipitamment :

— As-tu reçu ma lettre?

— Non.

— Mais la police est à tes trousses, ma chère. C'est le petit rouge qui me l'a dit, hier au soir, tu as été reconnue par un agent qui avait perdu tes traces mais qui vient de les retrouver.

Elle demeura comme ahurie. Ses craintes étaient donc réalisées! Le Dispensaire allait lui demander compte de sa fuite! On irait chez Léo; la concierge saurait tout et lui dirait quand il serait de retour, qui elle était, quelle vie elle avait menée. Elle se résolut à ne plus retourner chez lui.

— Je t'offrirais bien de te cacher pendant quelques jours chez moi, disait la fille, mais je n'habite pas seule et mon monsieur se fâcherait, va plutôt chez Titine.

— Où demeure-t-elle?

— Ah! Je ne sais pas au juste; elle habite, m'at-on dit, près des Halles, mais j'ignore le nom et le numéro de sa rue. Mais reste toujours avec moi jusqu'à la tombée de la nuit, tu verras après. D'ici là tu auras le temps de réfléchir et de prendre un parti.

Le soir vint et Marthe ne savait à quoi se résoudre. Craignant les limiers de la police qui faisaient des râfles de femmes dans tous les caboulots du quartier, elle s'enfuit de la boutique et, ne sachant où se réfugier, elle chemina le long des quais jusqu'au Pont-Neuf, se répétant, sans y croire, que le hasard lui serait propice, qu'elle rencontrerait son amie en route.

Arrivée sur le pont, elle se sentit si lasse, si désolée, qu'elle s'agenouilla sur un banc, dans une de ces demi-lunes qui surmontent chaque pile. Elle regarda, les larmes aux yeux, les remous qui clapotaient au tournant des arches.

La Seine charriait ce soir-là des eaux couleur de plomb, rayées çà et là par le reflétement des réverbères. A droite, dans un bateau de charbon, amarré à un rond de fer grand comme un cerceau, des ombres d'hommes et de femmes se mouvaient confusément ; à gauche, se dressait le terre-plein du pont avec la statue du Roi. Planté au bas, près d'un concert, un arbre déchiquetait ses linéaments frêles sur le gris ardoisé du ciel. Plus loin enfin, le pont des Arts s'estompait dans la brume avec sa couronne de becs de gaz et l'ombre de ses piliers se mourait dans le fleuve en une longue tache noire. Une mouche fila sous l'arcade du pont, jetant une bouffée de vapeur tiède au visage de Marthe, laissant derrière elle un long sillage de mousse blanche qui s'éteignit peu à peu dans la suie des eaux. Une pluie fine commençait à tomber.

Marthe ne pensait plus à rien.

Elle regardait la Seine, sans même la voir. La pluie tomba plus drue, de plus larges gouttes lui fouettèrent le visage. Elle se réveilla comme d'un songe. Le spectre de la police se dressa devant elle, implacable ; elle se pencha sur le parapet, eut, pendant une seconde, l'idée d'en finir avec tous ses maux, puis elle eut peur, recula et, effarée, voulut s'enfuir, quand un homme ineffablement ivre lui prit le bras.

— Tiens, Marthe ! Ah ça ! Que fais-tu à regarder la Seine, pluie battante et manteau trempé?

Et Ginginet, remarquant combien elle était pâle, lui demanda si elle souffrait.

Elle lui avoua que peu s'en était fallu qu'elle ne se jetât dans la rivière.

— Des bêtises, fillette, glapit tragiquement le pochard ; meurs-tu de faim, as-tu tué quelqu'un, t'es-tu crêpé le chignon avec une camarade, as-tu été ramassée dans un ruisseau, insultant la force armée, que tu sois sans abri et que tu veuilles te suicider? Pas de ça, Lisette, continua l'impitoyable blagueur, en tenant sa canne comme un fusil : quand même vous seriez le petit caporal, on ne passe pas !

Elle ne disait mot.

— Mais, petite oisonne, poursuivit l'acteur, à quoi cela te servirait-il de te noyer? C'est bête comme tout la mort... même au cinquième acte d'un drame; là, voyons, réfléchis un peu, te vois-tu sur le Tucker de la Morgue avec tes cheveux rouges et un ventre vert? Tiens, ne me fais pas jouer, par un temps semblable, le rôle d'ange gardien. Je ne l'ai pas encore étudié, celui-là! Viens t'en plutôt écraser un grain avec moi, voire même pour une dame qui fréquente les poëtes, viens pitancher un verre de cogne. C'est dit, pas vrai? Non? Mais tu es donc bûche que tu ne réponds pas? je parie que c'est la faute à ce polisson que tu as pris pour amant. Le sieur Léo t'aura fait des misères, eh bien ! mais lâche-le !

Au nom de son amant, Marthe se mit à sangloter.

— Allons bon, gémit l'ivrogne, voilà de l'eau, maintenant ! Je gare ma coupe !

— Ah tiens ! s'écria-t-elle, en s'exaltant à mesure qu'elle pleurait, tu ferais mieux de ne pas m'empêcher de mourir ! crois-tu donc que j'en aie déjà tant envie ? tu sais, on est folle au moment, on s'imagine que c'est tout simple de monter sur le parapet et de faire le saut. Ca ne dure pas longtemps, par exemple ! on a une fière peur, va ! ça vous rémue ce bouillonnement sous le pont ! c'est comme si on vous serrait la gorge, on étrangle ! et c'est bête pourtant, car mieux vaudrait en finir tout de suite que de continuer à vivre comme je vais le faire ! Vois-tu, Ginginet, tu diras ce que tu voudras, mais Léo était tout de même un bon garçon ! je me suis conduite avec lui comme la dernière des femmes. Je me grisais, sais-tu, et il me couchait et il me soignait quand j'étais malade. Est-ce que tu aurais fait ça, toi ? Allons donc, tu te serais saoulé avec mes restes ! Quant à ton opinion sur moi, je m'en fiche ! entre gens comme nous deux, est ce qu'on s'aime? on se rencontre et l'on couche ensemble comme on mange lorsqu'on a faim ! Ah ! et puis j'en ai assez de cette vie de transes continuelles, j'en ai assez d'être traquée comme une bête! je me rends. Eh bien quoi! quand tu me regarderas avec tes yeux effarés, croyais-tu pas avoir trouvé une vertu, le jour où tu me raccolas dans un cabaret ? tu as ramassé une traînée de boue, mon cher ! et tu sais, on a beau se décrotter, il en reste toujours, ça revient comme la tache d'huile sur les étoffes ! et puis, après tout, qu'est-ce que ça me fait? ni père ni mère et pas de santé, ça s'appelle une chance quand on fait ce métier-là !

Tiens, poursuivit-elle, en enfonçant sa bottine dans la crotte, en voilà de la boue! eh bien, ça n'est rien! j'y enfoncerai jusqu'au menton, et je te jure que je ne relèverai pas la tête, mon vieux, je la baisserai jusqu'à ce que, la bouche pleine, j'en étouffe et j'en crève !

— Ah ! ça, mais elle est folle, se dit Ginginet, stupéfait de la voir s'enfuir du côté des Halles, elle va faire des bêtises, sapristi ! je ne blague plus, je vais la filer.

Il la rattrapa presque à un coin de rue, malheureusement ses jambes lui pesaient formidablement, le petit bleu lui avait rompu les muscles, il dut s'arrêter, souffler, rabattre sa chemise qui se sauvait de son pantalon et de son gilet et courir de nouveau le long des trottoirs, tantôt la perdant de vue dans des embarras de voitures, tantôt l'apercevant au loin, criant après elle, au risque de se faire arrêter par les sergents de ville.

Vint un moment où il galopait presque pieds nus; ses souliers rendirent l'âme dans cette course vertigineuse. Feuilletés comme des galettes, anhelant comme des soufflets, il s'empétrèrent dans un monceau d'ordures, posèrent à faux, et leur maître s'étendit de tout son long sur le ventre.

Il se releva étourdi du coup et, avec cette persistance, née plus encore de la ténacité particulière aux ivrognes que de l'affection qu'il portait à Marthe, il s'élança de nouveau à sa poursuite. Il la vit au loin tirer une porte et disparaître. Brisé, moulu, renâclant, suant, il arriva devant cette porte, leva le nez en l'air, regarda la maison, resta bouche béée, éleva les bras au ciel, lâcha sa canne, et, suffoqué par l'ivresse, étouffé par la stupeur qu'il éprouvait, il bégaya:

— Oh! Jésus Dieu! eh bien, c'est du propre!

Et il tomba tout d'une pièce sur un tas de trognons de choux et d'épluchures de scaroles qui bossuaient de vert le pavé de la rue.

VI

Il fut surpris de se réveiller le lendemain au poste. Il tenta de se rappeler les méfaits qu'il avait bien pu commettre. Ne les retrouvant point, il conclut judicieusement qu'il s'était pochardé; soudain, il se rappela avoir rencontré Marthe, l'avoir suivie jusque dans une petite ruelle dont le nom lui échappait. J'ai rêvé, se dit-il, c'est impossible. Il se promit cependant, connaissant l'adresse de Léo, d'aller chez lui aussitôt qu'il serait relaxé.

Il se fit, en effet, réclamer le jour même par l'un de ses amis, et il courut au plus vite à la recherche de Marthe. La concierge lui apprit sa disparition et la visite des agents. Sur ces entrefaites, Léo parut, descendant de voiture et tenant sa malle de voyage à la main.

Il reçut assez mal Ginginet qui lui dit, très-digne :

— Monsieur, si vous voulez avoir des nouvelles de Marthe, vous ferez bien de vous adresser à la préfecture de police (2e bureau de la 1re division, Service des mœurs); on vous en donnera. Quant à moi, si je pleure l'artiste dramatique, mon ancienne élève, j'admire la femme, mon ancienne maîtresse. Elle a au moins un avantage sur les autres, elle renonce à tromper les hommes. Marthe ne mentira pas, maintenant qu'elle n'aura plus l'occasion de simuler les geigneries du parfait amour : ce que le bourgeois appellerait piquer une tête dans le cloaque, descendre le dernier échelon de l'infamie, je l'appelle, moi, une expiation, un retour à l'honnêteté !

Et ce disant, plus digne que jamais, le cabotin

souleva son feutre qui, par suite des heurts et cahots de la nuit, gondolait piteusement et semblait un accordéon prêt à jouer une marche funèbre, et sa silhouette calamiteuse et cocasse disparut subitement au tournant du couloir.

VII

Quand il fut parti près de sa mère mourante, Léo ne songeait guère à Marthe. Sa mère qu'il adorait, le danger qui semblait imminent et qu'il appréhendait de ne pouvoir conjurer, l'absorbèrent complétement pendant le trajet des trains.

Il demeura plusieurs jours près d'elle ; le péril avait disparu, ses angoisses cessèrent et le souvenir de Marthe l'obséda sans repos. L'aimait-il vraiment ? Il ne le savait lui-même. Cette fille l'avait certainement ravi plus que toute autre. Tant qu'ils n'avaient pas habité ensemble, tant qu'ils n'avaient pas connu les défaillances de la vie commune, il s'était senti violemment épris d'elle. Au bout de huit jours de ces côtoiements, tout ce renouveau de la femme qui enchante quand même et qui n'est que le résultat d'absences savámment combinées, toutes les hideuses faiblesses de la nature que chacun s'efforce d'ignorer et que l'on se cache de part et d'autre, tout cela était fini, tout cela était connu, tout cela ne présentait plus ce mystère sans lequel toute passion se lasse. Ces instincts de luxe, ces assaisonnements de toilettes étaient épuisés; après avoir goûté à des mets de haute liesse, il avait pénétré dans les arcanes de la cuisine et l'appétit avait disparu en même temps que le désir de toucher à ces mets subtils et réveillés d'épices. Il commençait à s'ennuyer de cette monotonie sans espoir de revanche, de ce duo ressassé sur tous les orgues de ménage; puis, à y bien songer, cette fille lui avait rendu la vie insupportable avec ses appétences et ses furies de folle, ses vices d'ivrognerie et ses abattements de malade, ses tumultes des sens alternés de froideurs trop peu feintes;

s'il eût quitté Paris pour un motif autre que celui qui l'en avait fait partir, il eût considéré cette échappée comme un collégien considère les vacances qui le délivrent de l'asservissement des maîtres.

L'oisiveté qu'il mena dans la petite maison de sa mère ramena forcément ses pensées vers Paris. Il se rappela les joyeux dîners, les enfantillages des premiers jours, la traîtrise des luttes à coups de lèvres. De loin, tous les défauts de l'idole s'évanouirent; il la voyait, en quelque sorte, idéalisée et plus belle qu'elle ne lui sembla jamais; le poëte reparut dans l'amant, il replaçait sur un piédestal de déesse la poupée dont il avait entrevu le son sous la couverte de peau rose; bref, il se mourait d'envie de l'adorer encore.

Il était avec cela miné par l'inquiétude. Toutes ses lettres étaient restées sans réponse et il craignait un malheur. Il en vint à ne plus tenir en place, à s'ennuyer partout; sa mère était rétablie, rien ne le retenait plus à la campagne, il partit.

Le chemin de fer, si lassant quand le trajet dure pendant une journée entière, accéléra encore son désir de revoir Marthe. En vain, il s'essayait à tuer l'interminable journée, s'efforçant de prendre intérêt aux manœuvres des trains, aux machines qui passaient dans une vapeur rouge, à l'étincellement du soleil sur les cuivres, aux rails qui luisaient comme de minces filets d'eau, il ne songeait qu'à Marthe ; il regarda les gens entassés dans le wagon et se divertit, durant quelques secondes, de leurs mines et de leurs hardes. C'était, pour la plupart, des paysans et des paysannes ; l'artiste se gaudit de cette collection de nez ; il y avait des pieds de marmites, des nez à retroussis, des nez gibbeux, des pifs épatés et fendus ; il y avait des expositions de dents de toutes espèces, des blanches, des jaunes, des bleuâtres, des noires, des chicots de toutes formes, les uns débordant sur la lèvre, les autres battant en retraite dans les gencives. Il prit même un calepin et s'efforça de croquer des cous de campagnardes qui lui tournaient le dos, des cous tapissés de chairs grenues comme celles des volailles, des peaux de Caraïbes, mais il s'ennuya, remit son crayon dans sa poche et, passant la tête à la portière, regarda longuement cette ribambelle de maisons et d'arbres qui semblaient se donner la main et sauter devant ses yeux une gigantesque farandole.

Puis il retomba dans ses pensées tristes. La gare du Nord s'estompa enfin dans la brume, il débarqua, sauta dans une voiture, arriva dans la cour, le cœur battant, et maintenant qu'il avait vu cet odieux Ginginet, il était tombé dans un fauteuil, comme anéanti par tout ce qu'il venait d'apprendre.

Il regarda sa chambre qui était restée telle que le jour où il l'avait quittée. Les bottines étaient échouées dans les fleurs du tapis les pointes en l'air, les quartiers en bas; la couche était défaite, les couvertures fouillonnées au hasard des plis, le couvrepied tamponné et tassé dans la ruelle, les oreillers aplatis, les cornes en avant. Tout accusait le désordre du lever, les épingles à cheveux dans une coupe, les pantouffles égarées dans chaque coin, la camisole pendant au dos d'un fauteuil, la cuvette pleine d'eau savonneuse, l'odeur du renfermé, le parfum de l'eau de Botot avec laquelle on s'est rincé les dents, l'arome fin du Chypre qui fuyait du flacon mal bouché, tout ce tohu-bohu d'objets, tous ces réveils de senteurs lui rappelèrent la fuite qu'il n'avait su prévoir. Il se dressa comme mu par un ressort et, à la vue de ce lit où avaient bivaqué toutes les tendresses, toutes les grâces malfaisantes de Marthe, il eut un étouffement et il demeura inerte, l'œil stupidement fixé sur le fouillis des draps.

Les jours qui suivirent furent atroces. Il mena cette vie des gens enfermés dans Paris sans famille, sans camarades, qui, à l'heure du dîner, remettent leurs bottines pour aller chercher pâture dans un bouillon. Cette halle où des gens en gala viennent à plusieurs, manger des viandes insipides et roses, ce brouhaha de bonnes en gris qui naviguent entre des tables de marbre, ces malheureuses topettes de vin, ces assiettes en pâte à pipe, cette gloutonnerie d'imbéciles qui dépensent deux francs en nourriture et huit francs en boissons de luxe, cette épouvantable tristesse qu'évoque une vieille femme en noir, tapie, seule, dans un coin et mâchant, à bouchées lentes un tronçon de bouilli, tout cet écœurement d'odeurs, tout cet assourdissement de cris, tous ces frôlements de foule, il les connut pendant des mois. Il sortait du râtelier dégoûté et las, ne sachant que faire, irrité par la joie des autres, opprimé par un persistant ennui, puis il apercevait à l'angle d'un carrefour une taille, une robe qui ressemblait à celle de Marthe et il recevait comme un coup de poing dans la poitrine; il rentrait chez lui, les épaules en avant, les genoux pliés, s'essayait à écrire quelques lignes, jetait sa plume avec rage, prenait un livre, regardait sa montre, attendant que dix heures sonnassent pour se mettre au lit.

Ah! la journée était lourde à porter! mais le soir, avec les demi-teintes du crépuscule et ces ciels rouges d'automne qui navrent jusqu'au spleen, toutes ses rancunes se ravivaient et l'assaillaient plus opiniâtrement encore. Quoiqu'il voulût faire il pensait à Marthe; il la revoyait excitante et narquoise, il se rappelait l'ondulation de sa croupe sur le divan, elle lui souriait, œil allumé et dents à l'air, et il se levait, les sens en rumeur, prenait son chapeau et fuyait par les rues. A toutes ces douleurs vinrent se joindre ces terribles détails de la vie qui brisent les plus fiers. Ces riens, ce linge en miettes qu'on ne raccommode pas, ces boutons arrachés, ces bas de pantalon qui s'effrangent et vous donnent l'air d'un misérable, ces ineptes bêtises qu'une femme conjure en deux tours d'aiguille, le harcelèrent de leurs mille piqûres et lui firent sentir plus encore combien il était délaissé par tous. Pour la première fois de sa vie, il songea au mariage, mais il n'avait pas de situation, il ne pouvait raisonnablement penser à en finir ainsi.

Il se reprocha de n'avoir pas retenu Ginginet, de ne pas lui avoir demandé l'adresse de Marthe et il le cherchait vainement dans tous les cafés où il se montrait d'habitude, lorsqu'un soir, qu'il battait les pavés, il fut frappé sur l'épaule par l'un de ses amis, un interne à l'hôpital de Lariboisière. Il lui conta ses souffrances, lui demandant, à tout hasard, s'il connaissait la demeure du cabotin.

— Mais oui, dit l'autre, Ginginet est établi marchand de vins rue de Lourcine, seulement.... seulement, comme il est sur le point de faire faillite, si tu veux le trouver, dépêche-toi de l'aller voir.

Léo saisit le bras du jeune homme et l'entraîna, bride abattue, dans les méandres du quartier des Gobelins.

VIII

En suivant, à gauche de l'Observatoire, le boulevard de Port-Royal, ils arrivèrent après quelques minutes de marche, devant des escaliers qui s'enfonçent sous un pont et tombent dans l'une des rues les plus hideuses de Paris, la rue de Lourcine. Il y avait, d'un côté, un terrain vague avec des baquets pleins d'eau, des pierres de taille accotées les unes contre les autres, des piquets reliés par des ficelles et laissant flotter, comme des drapeaux, des camisoles à pois déteints, des blouses bleuâtres, des culottes à côtes vert bouteille, des haillons effiloqués, et, de l'autre, vis-à-vis ce chantier de pierres, s'étendaient en rangs d'oignons, des masures lézardées, mitrées de toits de zinc effondrés et croulants. Il y avait des boutiques de petits commerçants, joailliers en savates, orfèvres en cuir, ravaudant les vieux socques, rapetassant les bottines, débitant des semelles de paille et de liége ; des fruiteries où l'on vendait du lait et des soldats de plomb ; des épiceries où s'entassaient, séparés par des cloisons de verre, des amas de pommes tapées, aux pelures froncées et couleur d'amadou, des vagues d'amandes blondes, des piles de sucre candi, des biscuits Guillou, des meules de gruyère, des confitures orangées ou roses, limpides ou bourbeuses, des litres rouges, des tambours en bois où se liquéfiaient les chairs dissoutes des géromés à l'anis ; des gargotes aux vitrines desquelles se racornissaient des poissons rissolés et friables, des lapins saignants encadrés d'un mur de vaisselles opaques et de saladiers regorgeant de pruneaux qui s'enlisaient dans la vase de leur sauce.

Léo et son ami s'orientèrent dans la rue. Ni l'un,

ni l'autre ne connaissait l'adresse exacte du comédien. Ils avisèrent enfin, non loin de la rue des Lyonnais, un marchand de tabac qui arborait fièrement à sa devanture, au dessus de blagues en cuir granuleux et en vessie de porc, des grappes de pipes blanches : têtes de jeunes filles et de turcs, de zouaves et de boucs, de bacchus et de patriarches; une grosse fille mafflue, qui pesait des carottes à chiques, leur indiqua la maison qu'ils cherchaient, une maison récemment barbouillée d'une couleur grumeleuse et rosâtre, quelque chose comme un écrasement de fraises dans du fromage blanc, de lie de vin dans du plâtre. C'était là, en effet, derrière un comptoir en zinc, troué de citernes minuscules pour l'écoulement des vins, que gesticulait et braillait le chanteur. Le ventre ceint d'un tablier noir, les bras nus, la bouche crénelée de bouts de dents, le groin rouge comme une vitelotte, Ginginet, cabotin et ivrogne par goût, cabaretier et coureur de filles par nécessité, buvait de quatre heures du matin à minuit, avec ses pratiques, qui travaillaient, pour la plupart, à trier des chiffons et à préparer des peaux de bêtes avec du tan.

Mais ces ouvriers ne venaient guère que le matin, au point du jour, ou le soir, à la tombée de la nuit. Aussi le cabaret était-il presque toujours vide, de neuf heures du matin à huit heures du soir, et, à part une tourbe de riboteurs qui venaient se repaître de galimafrées d'andouillettes et de tripes à la mode de Caen, la grande salle était déserte. Le soir, au contraire, elle était pleine à ne pouvoir bouger, mais le cabot s'esquivait, laissant la garde du comptoir à un grand échassier à calotte de velours, un ancien pion qui lui tenait ses livres et servait, au besoin, les clients et il allait rejoindre dans une autre salle, séparée de la grande par la cuisine, ses amis et confrères, un ramassis de chanteurs et d'échotiers de journaux. Ces pratiques-là buvaient, à ventre regoulé, et sans un sou en poche; mais on n'a pas hurlé impunément sur les planches, la bouche en cul de poule et les yeux en billes, et quand Ginginet se trouvait avec eux, il leur faisait volontiers crédit, regrettant presque sa misère d'autrefois, déplorant même, quand il avait trop bu, la mort de son oncle qui l'avait fait héritier de ce débit de vins.

Ses compagnons regrettaient moins que lui son changement de fortune; ils l'aidaient à manger son fonds et, lui, les laissait faire avec un beau désintéressement qui provenait, sans doute, de son habitude de se pocharder de l'aube jusqu'à la nuit et de la nuit jusqu'à l'aube. C'est à peine si, ce soir-là, il reconnut Léo ; il s'était si fort rué en cuisine, il s'était noyé l'âme dans un tel lac de reginglat, qu'il vacillait comme un navire en détresse, il faisait non pas eau mais vin de toutes parts ; il s'était traîné du comptoir jusque dans la petite salle et là, se caressant la bedaine, il débitait avec une profonde hébétude un chapelet de mots sonores dont il ne comprenait pas le sens, ratiocinait pour la millième fois, rabâchait jusqu'à extinction de voix, ses théories d'acteur en ripaille, s'adressant plus particulièrement à un malheureux journaliste qui butait du nez contre une table et criait d'une voix larmoyante :

— Ginginet, tu es grandiloquent comme feu Cicéro lui-même, mais tu m'embêtes ! »

Léo parvint à acculer l'ivrogne dans un coin et lui demanda des nouvelles de Marthe. Ginginet hurla à tue-gorge :

Elle est mon bien, elle est ma vie !

Puis, clignant de l'œil et tapant sur la cuisse

du poëte, il bredouilla : Hein, mon fils, c'est une largue qui vous traque les entrailles, ça? Elle a du persil, c'est clair, mais avouez que sa tête ressemble à celle de la statue des merlans, « Mlle Sydonie », avec ses mirettes noires et ses cheveux en poils de soleil !

— Hé! pomme de canne! mugit une voix, tu. jaspineras plus tard. Sers-nous d'abord des bocks !

Il fut impossible à Léo de reprendre la conversation au point où il l'avait laissée. Il s'apprêtait à sortir, se promettant de revenir dans la journée, mais toutes les issues étaient bouchées par des entassements de corps. Un triomphant vacarme emplissait la salle; une douzaine d'individus avaient roulé par terre et dormaient, à jambes rebindaines, et, dans les coins, des égueulées, les cheveux épars, ardaient sous les regards flambants et se débattaient entre les bras des assaillants qui les voulaient pétrir. Léo et son ami atteignaient enfin la porte quand elle s'ouvrit, jetant sur le parquet une nouvelle râtelée d'artisanes en godailles, secouant leurs jupes, riant d'un rire stupide, hurlant à pleins poumons :

— Chahut ! Chahut !

Léo pensa défaillir. Il venait de reconnaître Marthe dans ce bataillon d'histrionnes; elle devint affreusement pâle et l'attendit. Il s'arrêta devant elle, l'œil en feu, tremblant de tous ses membres. Il voulut parler, sentit comme une main qui lui serrait la gorge et, anonant, bredouillant, fou de rage, il fit avec le bras ce geste de dégoût des Parisiens et, poussé par son ami, assourdi par les huées des gens qu'il bousculait, il se trouva dehors sans qu'il sût comment.

Quand il fut parti, Ginginet surprit un geste éploré de Marthe. Il demeura pensif, puis il l'appela et la fit monter dans sa chambre, un taudion formé de lattis et de plâtre, et, se croisant les bras, il lui dit :

— Eh bien?

Comme elle ne répondait pas, il reprit, s'affolant à mesure qu'il parlait :

— Tiens, vois-tu, j'en ai plein le cœur. Je t'ai tirée de la piolle où tu gisais, les quatre fers en l'air, je t'ai fait rayer des contrôles de la Préfecture, je t'ai amenée ici, tu piffres, tu boissonnes, tu fumes, c'est tout dans la vie, ça! Tu as le plus beau sort qu'une femme puisse envier, et, en échange de ce paradis, en échange de toutes ces

liches, en échange de toutes ces bitures, tu me turlupines comme un gogo, tu me fleuris de jonquille en veux-tu, en voilà! C'est guignolant à la fin, je réclame! Je n'en ai pas pour mon argent; c'est mal pesé, je n'ai que des os, je demande de la réjouissance! Non, mais c'est aussi par trop fort! Tu vas, tu viens, tu rentres, tu ne rentres pas, je me tais, — je ne puis faire autrement d'ailleurs — tu as d'autres amants, c'est sûr, des gosses de vingt ans qui te répètent qu'ils t'aiment, et tu t'imagines que c'est arrivé; tu crois manger du turbot parce que c'est écrit sur la carte, comme s'il y avait encore du turbot! Imbécile! c'est du carrelet que tu béquilles, c'est comme les choses qui seraient véritablement bonnes, ça n'existe pas! C'est décidément bien vrai qu'il n'y a que la foi qui sauve... et la bêtise... Oh! tu sais, ce n'est pas la peine d'allumer la rampe de tes yeux, j'y vois clair, va! Je te connais, toi et tes semblables: avoir vingt-quatre amants, un par heure, ça ne tire pas à conséquence, on fait le métier ou on ne le fait pas, je n'ai rien à dire, ça me paraît tout naturel; mais je ne veux pas des réserves que tu fais avec les autres, moi! Tu m'entends, n'est-ce pas? Aussi j'exige que tu ne le reluques plus, ton poëte. S'il t'agrafait à nouveau, il aurait non-seulement la femme, mais la maîtresse. La femme, passe encore, la maîtresse, non! Voilà, décide-toi, ma fille, c'est à prendre ou à laisser!

— Je laisse, dit Marthe.

— Tu laisses? A ton aise. Va le rejoindre, ton rafalé d'amant! Non, écoute, reste encore quelques instants et réfléchis. Avec lui, c'est la débine sans frein; avec moi, c'est le verre jamais vide, c'est le boucan perpétuel, c'est la bombance à tour de mâchoires »

Et comme, sans l'écouter, Marthe préparait un paquet de ses nippes, Ginginet lui prit les mains et poursuivit :

– Tiens! après tout, j'ai peut-être tort, car enfin ce n'est pas de ta faute s'il est venu ce soir. Voyons, crois-moi, ne nous disputons plus; aussi bien, à force de parler, j'ai comme du poussier dans la gargoine. Je suis sans rancune, toi aussi, pas vrai? Dis donc, chérie, si nous lichions un petit bischoff? Qu'en penses-tu? je vais crier à Ernest qu'il nous en monte un grand bol... Non? tu n'as pas soif? Oh! n'aie pas peur, va, ce sera un vrai bischoff que tu boiras, pas de ceux qu'on sert en bas; je le ferai faire avec une bouteille de

BIBLIOTHÈQUE NATIONALE R.F. IMPRIMÉS

Grave, c'est gentil, hein ? mais que faut-il donc, bon Dieu, pour te dérider ? Voyons, laisse-là ton baluchon, tu ne vas pas l'emporter ce soir. Où irais-tu d'ailleurs ? pas chez Léo, toujours... Ah ! tonnerre ! si tu y allais...

— Eh bien ! et quand j'irais ? Ah ça, tu crois donc que j'écoute toutes les guitares que tu me grattes depuis une heure ? Tu m'as fait sortir de ma geôle, c'est vrai. Pourquoi ? Pour me planter dans un comptoir et échauffer les gens en goguette. Je sers d'enseigne à ta bibine ; je joue le rôle d'allumette, mais je n'ai pas le droit de brûler pour de bon ! Quant à mon rafalé d'amant, comme tu le nommes, je l'aimerais peut-être s'il avait plus de colère au cœur, s'il était moins gnian gnian, s'il était homme, enfin. Mais, c'est égal, malgré tout, j'en raffole presque ce soir ; il m'a fièrement méprisée, ça m'a émue. Oh ! je ne te le cacherai pas, j'ai été sur le point de le suivre.

— Avec ça qu'il aurait voulu de toi !

— Il n'aurait pas voulu de moi. Ah ! ça, mais tu est bête, dis donc ? Est-ce que tous les hommes ne pardonnent pas aux femmes qui les font souffrir. Il n'y aurait plus de malheur sur terre alors et ce ne serait pas la peine d'avoir des prisons et des juges ! — La belle malice que de vous empaumer, vous autres ! Oh, c'est bien simple, va !

Et le touchant presque, elle lui tendit ses merveilleuses lèvres, éclatantes comme des pivoines et tout embrasées par la flamme blanche des dents.

Ginginet fut remué de fond en comble et il avança les bras.

— Bas les pattes, vieux ! dit-elle. Je joue la comédie, et c'est toi qui me l'a apprise. Ni vu, ni connu, je t'embrouille. Tout bien considéré, vois-tu, ta bedaine me choque avec son va-et-vient perpétuel ; tes joues pèlent, ton nez se truffe, ta figure ne me revient décidément plus. Bonsoir !

— Sais-tu une chose, Marthe ? dit Ginginet très-pâle, c'est que j'ai une furieuse envie de te giffler comme tu le mérites !

— Ah, par exemple ! toi me giffler ! n'approche pas, tu sais, ou je te brise cette carafe sur la tête !

Ginginet n'en attendit pas davantage ; il se rua sur elle, attrapa à la volée un coin du cristal qui lui bossua le crâne, mais il empoigna la fille par les mains et la jeta rudement sur le plancher.

Elle se releva meurtrie et elle le regarda avec plus d'étonnement que de colère.

— Tu as ton compte! dit le comédien, va te coucher maintenant!

Et il sortit, fermant la porte à double tour. Il redescendit, puis, se frappant le front, il remonta l'escalier, rouvrit la porte et dit à Marthe :

— A propos, tu sais, s'il te plaît d'aller retrouver Léo, ne te gêne pas, ma chère!

Elle ne soufflait mot. Ginginet murmura :

— Je la tiens. Maintenant qu'elle est libre d'aller le rejoindre, elle ne bougera plus, et il ajouta sentencieusement, en se caressant la cime du nez : « C'est étonnant comme les poëtes sont bêtes ; ils font des phrases, ils pleurent, ils geignent, ils crient, comme si cela touchait les femmes! N'est aimé que celui qui cogne. Ce n'est pas du marasquin qu'il faut servir aux filles, c'est du vinaigre. J'ai maintenant pour huit jours d'amour sur la planche ! »

IX

Ginginet avait pensé juste. Marthe était arrivée à cette phase où les sens ne vivent plus que par secousses. L'amour peureux, l'amour ne vivant que de brutalités et d'injures, le système nerveux bandé à l'excès et ne se détendant que sous le poids de la douleur physique, les joies de la bourbe, cette haine attendrie que l'on porte au mâle qui vous fouaille, les révoltes furieuses contre le servage, cette allégresse à frapper son dompteur, quitte à se faire écraser par lui, rendirent Marthe presque folle. Elle eut des moments d'accablement et de prostration où elle recevait les coups sans bouger jusqu'à ce que, hurlant de douleur, elle le suppliât de ne la point tuer. Elle eut aussi des bondissements, des jours où, rugissante et cabrée, elle se précipitait sur lui, éprouvant une âpre jouissance à se colleter corps à corps, à se rouler sur le carreau, à briser tout ce qui tombait sous sa main, puis, sans haleine, sans force, énamourée et farouche, elle enlaçait de ses bras meurtris le sinistre farceur qui descendait lamper chopine en bas, et répondait aux buveurs atterrés par ces cris :

— Oh ! ce n'est rien ! Je repasse la chemise de ma femme !

Il redescendit un jour, la figure en sang. La salle s'esclaffa de rire. Ces railleries l'exaspérèrent ; il remonta dans sa chambre et il assomma presque Marthe à coups de bottes. On dut la lui arracher des mains et la jeter dans une voiture qui la déposa au premier hôtel venu.

Du coup elle fut guérie de son amour. Quand elle se réveilla, le lendemain matin, brisée et le visage bleui par les coups, elle s'étonna d'avoir pu supporter ces ignobles luttes et elle ressentit un horrible dégoût pour l'homme qui l'avait ainsi frappée. Elle avait encore quelques sous dans sa poche; elle vécut à l'hôtel tant que la trace de ces pugilats ne se fut point effacée, puis elle s'habilla de son mieux et se résolut à aller chercher abri chez l'une de ses camarades, une ancienne cabotine du théâtre de Bobino dont elle avait retrouvé l'adresse.

Cette femme était, depuis l'an trente-cinquième de son âge, entretenue par un vieillard marié, qui venait se consoler de la beauté de sa femme, avec les grâces frelatées de sa maîtresse.

Quand Marthe arriva chez elle, Titine, vautrée sur un divan, se faisait inspecter la main par sa bonne qui lui expliquait en un charabia d'Auvergne, la désastreuse influence de la lignc de Saturne et s'étonnait qu'une femme de si peu de mœurs n'eut pas plus de grilles sur le mont de Vénus. Marthe interrompit la séance de chiromancie et expliqua en quelques mots à sa compagne le service qu'elle attendait d'elle.

— Tu tombes bien, ma chère, répondit la fille, il y a justement réunion ici, ce soir. Ce sera très-amusant, tu verras. Il y aura beaucoup de jeunes gens riches, et je pourrai, si tu le désires, te mettre en relation avec l'un d'entre eux. Vois-tu, ma petite, ce n'est pas une vie que d'aller avec Pierre et avec Paul! C'est déjà bien assez que d'avoir un homme qui vous entretient et un autre qui vous gruge ; il faut faire une fin. Vois, moi, je suis très-heureuse; j'ai pour amant un malbâti, c'est vrai, mais il ne passe presque jamais la nuit, c'est à considérer. Gante, comme j'ai fait, un vieux qui soit marié ou un tout petit jeune homme qui ne le sera qu'après s'être laissé ruiner: l'un et l'autre se valent. Le tout c'est de ne pas prendre un amant qui atteigne la trentaine. Plus d'amour et pas encore de passions, c'est notre mort à nous, ces gens-là !

La soirée fut charmante. Le gros négociant arriva, flanqué d'un pâté aux truffes et d'un panier de vins. C'était un crapoucin bonasse et un jovial compère que ce commerçant coureur de guilledous. Ventripotent et poussif, il avait des favoris en nageoires et sa figure offrait cette particularité étonnante, que le nez était couleur d'aubergine tandis que le reste de la figure semblait teint avec ce rouge éclatant des peintres émailleurs, la pourpre de Cassius. Il fit des compliments de boîtes de dragées à Marthe, lui expliqua qu'il était marié, depuis deux ou trois ans, avec une jeune femme, qu'ils étaient séparés de lit sinon de corps, depuis qu'il avait connu Titine, et il acheva ses confidences par l'aveu qu'il adorait la jeunesse et que son plus grand bonheur était de souper avec de joyeux garçons et de jolies filles.

La sonnette commençait à tinter. Les invités arrivèrent en foule. Vieillards cérémonieux, arborant sur des lèvres sans dents un sourire folâtre, jeunes gens vêtus de cols cassés, de vestons courts, de pantalons larges, de souliers à bouffettes, femmes un peu mûres et rechampies de talc et de rose, jeunes filles aux voix d'hommes enroués, aux poitrines flasques ou plates, moutards frais éclos du collége, avec une raie au milieu du front et des bas rayés, tout cela se tassa dans le petit salon. Le mal-être des premiers instants se dissipa bien vite, les hommes s'enhardirent, le gros négociant rit de tout son rire épais, Titine prit l'air pincé d'une maîtresse de maison, la bonne eut des familiarités de servante à filles, le punch circula et les inepties commencèrent à se débiter. Les femmes n'osaient encore se révéler et laisser libre cours à leurs joies de guinguettes, les vieux routiers se réservaient pour l'heure de la bâfre, les jeunes gens causaient du dernier bal de madame une telle. On proposa de se dégourdir les jambes. Le quadrille débuta presque convenablement, mais à mesure que les couples s'échauffèrent et que le gros homme, incapable de se maîtriser, eût commencé à débiter de lubriques sornettes, la danse se déginganda. A l'heure du souper, les vieillards avaient déboutonné leur gilet et se trémoussaient, les basques de l'habit en l'air, les bras en tourniquet, époumonnés, suant, soufflant, battant des jambes, dodelinant du torse.

L'auvergnate ouvrit la porte de la salle à manger. Chacun se précipita sur la table ; on s'assit pêle-mêle, les femmes sur les genoux des hommes, et l'on pignocha les petits pois et les truffes. La bedaine au galop, les yeux paillards, le gros père exultait. Il fit verser le champagne destiné aux femmes, le champagne qui mousse rose, et il appliqua ses vieilles lèvres d'œgypan sur les bras de ses voisines. Ce fut comme un signal. Les couples se pressèrent. Marthe était assise près d'un jeune homme qui lui parlait de courses et d'un pari qu'il avait engagé sur Finette, une pouliche superbe, disait-il.

Quand il eut épuisé ce sujet de conversation, il

lui mâchonna quelques lourds madrigaux auxquels elle ne répondit que par des sourires, se réservant de demander à son amie quel était ce bellâtre.

— C'est un fier imbécile, lui dit Titine, bête et riche; aiguise tes quenottes, ma fille, et mords à belles dents. Sois aimable, mais tiens-moi ça en laisse, c'est nécessaire avec des morveux de cet âge!

On se leva de table et l'on fut boire au salon du café et des liqueurs. Ce fut une vraie débandade. Enfouis dans des fauteuils, les vieillards ne bougeaient plus : ils digéraient, somnolents et gavés. Les jeunes papillonnèrent et allumèrent des cigarettes; d'aucuns, très-pâles, disparurent; les autres s'assirent à côté des femmes et se mirent à les lutiner. Marthe devint froide comme un marbre, dès que l'éphèbe, enhardi par le sans-gêne des couples, voulut l'embrasser. Il fut quelque peu surpris mais il se consola, très-satisfait d'avoir pêché dans la bourbe de ce vivier une femme qui eût de la tenue et ne se laissât pas enlever dès le premier soir.

— Tu couches ici, n'est-ce pas? dit Titine.

— Mais comment faire? reprit Marthe, ton amant va rester!

— Lui? dit la fille en montrant du doigt le vieillard qui gisait anéanti sur un divan, plus rouge et plus gonflé que jamais, allons donc ! Il aurait vraiment trop de bonheur s'il pouvait, à son âge et sans péril pour sa santé, s'empiffrer de la viande et des vins et rester avec moi après !

X

Huit jours ne s'étaient pas écoulés que Marthe se trouvait en possession d'un grand appartement qu'elle fit meubler avec un goût stupide. Pour se venger d'avoir autrefois mangé avec ses doigts, elle voulut avoir de l'argenterie et elle n'eut garde d'oublier dans ses achats, les faux cuivres de boule, les camelottes de bois de rose, les glaces à cadres trop dorés, les éternelles appliques emmanchées de bougies roses. Son amant ne se plaignit point d'ailleurs ; pourvu que sa femme fût excentriquement vêtue et qu'elle se laissât traîner dans les parties fines et sur les champs de courses, il se tenait pour satisfait, et puis, il était enchanté d'entendre des gens miséricordieux dire, en levant les yeux au ciel :

— Ce petit imbécile est en train de se faire ruiner.

L'idée qu'il fût capable de manger son capital, le ravissait. Marthe fut révoltée par l'ineptie de cet être. Quand il amenait, à sa suite, une ribambelle de galopins barbus, coiffés en drôlesses et confits dans l'opopanax et que, vautrés dans le salon, ils jabotaient, pendant des heures, célébrant avec des enthousiasmes d'idiots la gloire de « Tartine » qui avait gagné d'une longueur sur « Jacinthe », alors que Saxifrage et Mascara s'étaient dérobés à la barrière fixe, elle se froissait les mains avec rage.

Elle eut, il est vrai, des diversions. Le lundi suivant, son cornac entraîna chez elle des hommes sérieux et considérablement ivres qui lui prirent le menton et dirent avec des allures de mystère :

— Vous savez, n'est-ce pas, que demain le marché sera très-indécis, hésitant entre les facilités offertes et les méfiances répandues par la dépréciation des valeurs étrangères?

— Oh! je ne sais pas; moi, ce qui m'intéresse davantage, c'est d'être assuré que le Saragosse est ferme et qu'il donnera d'excellents dividendes.

— Peuh! Au fond, tout cela n'est pas brillant; si certaines actions ont une bonne tenue, il est véritablement triste que notre marché fléchisse, car enfin, si nous exceptons nos rentes sur lesquelles il y aura toujours quelques transactions à faire, les autres valeurs sont peu offertes. Je ne parle pas, bien entendu, des chemins de fer qui font bonne contenance.

— Oh! s'écria Marthe révoltée, j'aime encore mieux les voyous!

Son amant la trouva mal élevée, mais il attribua cette étrange sortie à deux verres de champagne qu'elle avait bus.

Marthe se reprocha sa lourdise et désormais elle ne dit mot, étouffant ses rancunes et ses rages. Dès le premier jour, son amant lui déplut; elle l'exécra dès le premier soir. Il vint vers deux heures du matin, l'œil guilleret, la bouche remplie par un gros cigare. Il causa du cheval qu'il choisirait au prochain handicap, et, relevant avec un beau semblant de distraction le bas de ses culottes, il fit voir à la femme qu'il nourrissait un caleçon à trame rose. Comme elle ne s'extasiait point devant cette élégance de clown, il tira un peu son maillot et dit en avançant les lèvres :

— Vois donc comme la soie est souple?

Elle garda le silence, attendant cette gracieuseté banale, cette amabilité de rencontre, que tout être, si vil ou si abêti qu'il soit, témoigne, la première nuit au moins, à la femme qu'il est censé vaincre. Elle eut pu attendre longtemps! Quand il eut achevé son cigare et que, battant du pied, il en eût écrasé la cendre sur le tapis, il murmura satisfait :

— Je parie que tu ne devines pas ce que contient cette valise? Non? Oh! c'est-il drôle, les femmes, ça ne devine jamais! Eh bien! mais, c'est un vêtement de nuit, et il étala avec une monstrueuse joie une chemisette en foulard de Surah maïs, agrémentée de rubans couleur feu.

Pour la première fois depuis qu'elle l'avait quitté, Marthe songeait à Léo. Quelle différence entre le début de ces deux hommes! Où étaient les respects égrillards du poëte, les hâtes si ralenties du déshabillé? Léo défaisait, une à une, ses jupes, délaçait son corsage, la soie sifflait et lui battait les hanches, sa gorge s'arrondissait à l'aise dans la chemise qui remuait du col aux pieds. Alors il la prenait, la portait dans le lit, faisant la maraude des baisers, tandis qu'elle se pâmait, le corps craquant entre ses bras. Sans doute, le soir où elle vint chez lui, les premiers instants avaient été pénibles, mais une fois qu'ils s'étaient saisis corps à corps, une fois qu'ils s'étaient échauffés dans la lutte, de quelles vives délices ne s'étaient-ils pas repus ! Cet inoubliable souvenir des nuits d'où l'on sort, les épaules rouges et les tresses mordues, l'opprimante vision de ces moments où les mains s'égarent, tous ces recueillements attendris, tous ces bonheurs à perte d'haleine, l'obsédèrent à nouveau et, furieuse, elle poussa rudement dans l'alcôve son amant qui se cogna contre le mur et marmonna, tout endormi :

— Ah bien ! mais non, tu sais, tu m'embêtes, toi ! Tiens-toi donc tranquille !

Il prit l'habitude de venir tous les jours l'harasser de sa présence ; elle l'eût étranglé avec joie, cet imbécile qui la détaillait sans bouger quand elle se mettait au lit ! Elle en vint à être tellement importunée par cet homme qu'elle n'eut même plus de goût à lui manger ses biens; elle resta chez elle couchée, pendant des journées entières, fumant des cigarettes, buvant des grogs, anéantie et torpide. Cette solitude qu'elle se créa, renonçant aux visites d'autres femmes, cette somnolence qui ne la quittait plus, devaient aboutir comme autrefois, quand elle habitait chez le poëte, à d'abominables saouleries. Elle but, à gosier débordant, des alcools et des bières, mais quand sa tête s'emplissait de brumes, elle revoyait la chambre de Léo; cet amant qu'elle avait torturé comme à plaisir, se vengeait par le persistant souvenir de ses bontés.

Marthe se vautra dans le vin pour s'égayer et chasser à jamais la hantise du poëte, mais son estomac s'y refusait maintenant, elle eut d'atroces flambées dans le ventre. Elle dut interrompre ces noyades et, un soir, exaspérée de ne pas dormir, les nerfs malades à se rouler par terre, elle sauta du lit, s'habilla, prit une voiture et se fit conduire chez son ancien amant.

Ce fut machinal, ce fut inconscient. Les bouffées d'air qui entraient par les embrasures du fiacre la firent revenir à elle. Il était dix heures du soir, elle fut sur le point d'arrêter le cocher et de descendre du véhicule. Il fallait qu'elle fût vraiment folle pour aller ainsi chez Léo. Demeurait-il toujours à la même adresse, serait-il chez lui, n'y trouverait-elle pas une autre femme ? Et puis, quel accueil lui ferait-il ? Si elle fut retournée le voir, le lendemain qui suivit leur rencontre chez Ginginet, nul doute qu'il n'eût crié, nul doute qu'il ne l'eût honnie, mais qu'en fin de compte, il ne fût tombé dans ses bras ; sa rage devait être aujourd'hui passée et, avec elle, cette inévitable conséquence : la lâcheté des sens, la faiblesse du cœur ; il pouvait tout simplement la prier de sortir. Marthe hésitait encore quand la voiture s'arrêta, elle fit un geste qui risquait tout, sonna au plus vite comme pour ne point se laisser le temps de retourner sur ses pas, monta l'escalier et, haletante, frappa la porte de sa main. La porte s'ouvrit et, stupéfié, Léo regarda Marthe et dit :

— C'est toi !

— Oui... tu sais, je passais dans le quartier, je suis venue pour savoir de tes nouvelles.... — Tu vas bien ?

— Oui, mais...

Elle lui mit les doigts sur la bouche et reprit :

— Voyons, ne me dis rien, ne parlons plus du passé, ce qui est fait est fait. Aussi bien, je n'ai pas grimpé tes quatre étages pour te chercher noise. — Tiens, causons de tout ce que tu voudras, travailles-tu beaucoup? t'amuses-tu? as-tu trouvé un éditeur?

Léo regardait la porte d'un air ennuyé.

— Ah! tu l'attends, murmura-t-elle, j'aurais dû m'en douter — je m'en vais alors — elle est brune ou blonde?

— Blonde et, qui plus est, honnête.

— Honnête! avec cela qu'il y a des femmes honnêtes qui viennent à onze heures du soir chez un homme! elle est comme nous toutes, parbleu! plus ou moins de tenue quand elle marche, plus ou moins d'élan quand elle se déshabille! et après? tiens, je voudrais la voir, je lui dévisagerais la frimousse, moi! tu verrais bien si son honnêteté ne s'écaillerait pas, mais que je suis bête! est-ce que cela me regarde, qu'elle soit honnête ou non.

A ce moment la sonnette tinta. — Le jeune homme fit un mouvement, Marthe se sentit perdue si la porte s'ouvrait, elle se campa devant Léo et se pendit à son cou; il tenta de se dégager, mais les yeux de Marthe prirent feu, ses lèvres le brûlèrent de leurs flammes mouillées; pantelante, dégrafée, elle l'entraîna près de la fenêtre. — La sonnette tinta plus fort.

— Je t'aime, murmura-t-elle, n'ouvre pas, je me bats avec elle d'abord, si elle met les pieds ici!

Il se résigna, furieux d'être ainsi joué. Le pas s'éloignait. — Les deux amants se regardèrent sans dire mot.

Marthe vint s'asseoir sur ses genoux et l'embrassa; il se laissait faire mais ne lui rendait pas ses caresses; alors, comme achevant d'exprimer une idée qui la poursuivait, elle s'écria :

— Oh! ils se ressemblent tous! voudrais-tu pas que je les aimasse! des gens qui se soucient d'une femme comme d'une écale qui serait vide! c'est bon genre d'en charroyer une et de se compromettre avec elle; c'est à ça que nous servons, nous autres, à nous faire plaindre de vivre avec de pareils imbéciles et à les faire huer parcequ'ils fréquentent de semblables drôlesses; quand ils sont las de notre accoutrement, bonsoir, trouves-en un autre, ma fille! Et l'on nous reproche de saccager des fortunes! mais c'est la guerre après tout ! l'on ravage et l'on pille ! Tiens, tu me parlais autrefois d'une femme, je n'ai pu retenir son nom, je ne suis pas savante d'abord, qui était une statue. Elle s'anima, m'as-tu dit, sous le baiser de l'homme qui l'avait faite, c'est le contraire maintenant, nous devenons de marbre quand ils nous embrassent ! Ah ! si tu savais combien je suis fatiguée de jouer ce rôle ! Tiens, ce n'est pas vrai, je ne suis pas venue par hasard ici, je suis venue exprès, je voulais me réchauffer les pieds contre les tiens et c'est bête ce que je vais te dire, mais, vois-tu, il y a des jours où ça semble bon de ne point passer la soirée avec des gens riches et puis, c'est bien naturel après tout, on hait ses nourrisseurs !

Il ne l'écoutait même pas, elle se résolut alors à le reconquérir quand même, elle lui saisit la tête à pleins bras et, le couvrant de baisers, elle le culbuta dans une charge à fond de train des lèvres !

Il dormit mal et dès l'aube, il se leva, s'assit dans un fauteuil et regarda la fille sommeillant dans ses cheveux qui s'épandaient en un torrent vermeil sur le ravin des oreillers blancs. Il avait décidément assez d'elle, elle lui répugnait depuis qu'il connaissait sa manière de vivre, il la jugeait méprisable entre toutes et cependant, comment éviter la pipée de ses yeux, comment échapper à l'affût de sa bouche ?

Elle se retourna et, souriante, la tête un peu renversée, le cou gonflé, la chemise ouverte, laissant entrevoir sous le brouillard des Malines des éclaircies de peau blanche, elle soupira doucement. Il la regardait, étonné de n'avoir plus de désirs pour cette femme qui l'embrasait jadis ; il n'éprouvait plus maintenant qu'une honte, une sorte de déchéance, celle d'avoir subi des caresses qu'elle prodiguait aussi largement sans doute à tous ceux qu'elle rencontrait dans ses courses.

Certes, celle qui le visitait maintenant était, comme maîtresse, inférieure à Marthe. Plus d'énergies folles, plus de turbulences charnelles, mais une quiétude profonde, une inertie sans réveils. Léo l'avait ramassée, un soir en se baissant, et elle avait poussé chez lui avec cette indifférence des plantes vivaces. Elle était avec cela mariée et séparée d'un époux qui la foulait à coups de poings et cependant quand elle y songeait, elle avait de grosses larmes dans les yeux, pleurant sur son sort, répétant qu'elle eût aimé à vivre près de lui et à avoir des enfants. Elle eût été insupportable si elle n'avait servi au poëte de hâvre où il renfloua sa barque en détresse. Il avait même fini par s'attacher à cette pauvre femme, si timide qu'elle n'osait lever les yeux et si peu coquette qu'elle se coiffait, la nuit, de madras à raies.

Il regretta de ne lui avoir pas ouvert et il fut à ce moment furieux contre Marthe; il évitait maintenant de la regarder, mais elle ouvrit les yeux et l'appela près du lit. Il fut presque sur le point de retomber sous le charme, tant elle était fascinante cette gouge aux prunelles claires! mais le jour qui blutait sa poudre d'or au travers des rideaux, lui montra son visage bleui par les meurtrissures des nuits et cette attitude qui décelait la fille traînée par tous les cloaques des villes; il ne répondit pas et il sifflotta tout en regardant par la fenêtre.

Marthe se leva, s'habilla lentement et lui dit:

— Tu as raison, après tout, nous sommes usés, mon cher, j'ai cru retrouver nos anciennes ivresses et nous ne sommes plus de force, ni l'un, ni l'autre à les faire renaître, mieux vaut en finir et ne plus nous voir, je m'en vais et pour de bon, cette fois.

Elle lui tendit la main, il ne se sentit point la force de ne pas l'embrasser sur la joue, et plus ému qu'il ne voulait paraître, il laissa la porte se fermer sur elle.

XI

Marthe rentra au logis, défaillante et farouche. Son amant l'avait attendue pendant toute la nuit, et il avait préparé pour son retour une série de phrases mi-sentimentales, mi-gouailleuses. Aux premiers mots qu'il prononça, elle le regarda en face et lui dit :

— Le loyer est-il à mon nom?

Et comme il répondait oui. — En ce cas, cria-t-elle, vous ne feriez pas mal de me ficher votre camp !

Il fut étonné, balbutia quelques injures, et finalement emporta sa chemise en foulard de soie et disparut.

Quand il eut quitté la chambre, elle respira et, courant à l'armoire, avala d'un trait un grand verre de kirsch, puis elle saisit avec rage le goulot du flacon et but à même.

Cette ribote la rendit malade et plus triste que jamais. Une foule de jeunes gens vint la voir, se proposant de remplacer leur ami dans ses bonnes grâces, elle préféra les avoir tous plutôt que d'en endurer un seul, et elle recommença son ancienne vie, ne se sentant aucune affection, aucune tendresse pour tous ces gens qui faisaient la chaîne le long de sa couche comme si elle eut été brûlée dans un incendie d'amour ! elle en arriva à prendre pour amants de cœur d'ignobles hommes aux casquettes bouffies et portant sur les tempes les stigmates des infâmes : les accroche-cœurs. Ceux-là la dégoutèrent plus encore et elle s'ingénia à passer les nuits seule.

Alors, sous les courtines de soie pâle, dans l'insomnie qu'elle ne pouvait vaincre, elle songea au passé. Elle en vint à pleurer sa petite fille qui était morte en naissant et à aimer presque le jeune homme qui l'avait soignée dans cette crise horrible ; puis, à mesure que sa lamentable vie se déroulait devant elle, comme les tableaux changeants d'un kaléïdoscope, elle frissonnait, mesurant la profondeur des boues où elle avait plongé, et quand elle arriva à cette phase de son existence où elle avait servi dans le régiment des mercenaires, alors, dans le silence de l'alcôve, se dressa, avec sa robe bariolée et ses hurlements de sinistre joie, le spectre des maisons de filles !

Elle entrait, confuse, et des âmes, rendues charitables par l'ivresse, lui disaient : n'aie donc pas peur, tu t'y feras bien vite ; puis on la déshabillait et elle n'avait plus pour tout vêtement qu'une mousseline, sous laquelle son corps s'estompait en rose ; l'on apportait des verres et elle se mettait à jouer au nain-jaune des moos de bière louche, jusqu'à l'arrivée de M. Henri, le coiffeur chargé de rafistoler les femmes. Quand chacune avait sur le crâne un étage de tignasse et au dessus du front un tas de banderolles et de fleurs, on buvait l'absinthe, on brassait à nouveau les cartes, attendant l'heure d'appareiller, soit pour Lesbos, soit pour Cythère; après le dîner enfin, tout le monde descendait au salon et, debout sur le seuil, la mère Jules guettait.

Il venait deux, trois, vingt personnes; on demandait à boire, on montait au premier, puis le timbre sonnait et toutes se bousculant, se chatouillant, se pinçant, dégringolaient l'escalier, quatre à quatre, faisant tourbillonner dans la vapeur rouge des gaz leurs oripeaux de théâtre ou se découpant, blanches et nues, sur le faux marbre des murailles.

On atteignait ainsi onze heures, la table était prête pour le souper, et tout l'escadron remontait et s'empiffrait des rondelles de cervelas, des tartines de rillettes, des parts de lapin aux pommes et le timbre retentissait encore; chacune avalait le morceau qu'elle avait en bouche, et pour la vingtième fois, elles s'engouffraient avec un bruit de tempête dans la salle du marché, puis remontaient, sauf une ou deux, qui rentraient plus tard, les bas luisants de pièces d'argent ou d'or.

Mais c'était vers une heure du matin que le délire atteignait son intensité suprême. Les passagers affluaient; alors les gambades et les cabrioles, les piétinements et les huées ne cessaient plus, les filles luttaient entr'elles de bêtise et d'entrain. Elles sautaient, se trémoussaient, se tordaient, les lèvres éclaboussées de laque rose, les dents frottées de ponce! Fouettées par le vin, éperonnées par l'alcool, elles hennissaient; regimbantes, ou s'abattaient fourbues et veules sur les divans.

D'autres fois, au terme de la veillée, vers trois heures du matin, alors que toutes les femmes demandaient aux hommes de leur dire l'heure et persistaient à les étourdir de l'éternel refrain: tu payes à boire! un monsieur entrait et disait à l'une d'elles : « va t'habiller, je t'emmène, » et il s'installait, les jambes croisées, fumant son cigare, attendant que son achat lui fut remis, empaqueté dans de l'étoffe noire; l'on entendait alors des appels dans l'escalier, la femme demandant une chemise à Madame, attachant avec des épingles les jupes qu'on lui prêtait; elle descendait enfin, débarrassée de son rouge et de sa poudre et allait embrasser ses camarades comme si, partant la nuit, à l'aventure, elle craignait de ne les plus revoir. On sortait, et appuyée sur la rampe, la loueuse criait de sa voix brève : « Je t'attends demain à midi, ne t'amuse pas en route. »

Ce fut une nouvelle fascination pour Marthe, ce fut cette attraction du vide sur lequel on se penche, que cette vie chauffée à blanc, que ces culbutes, que ces pirouettes, que ces verres vidés sur le coude, que ces disputes entre l'une et l'autre pour un ruban ou pour un homme, que ces raccommodements entre deux galops; elle se souvint avec un singulier plaisir de ces ardeurs et de ces fièvres qui la faisaient délirer et se tordre, comme cette frénésie et ce vertige qui font ululer et bondir les derviches hurleurs affolés par le tournoiement de leurs rondes !

Et puis, c'était une déroute de toutes les idées tristes, une abdication volontaire des luttes d'ici-bas que ce désordre sans cesse attisé : la prison éloignait toutes les difficultés de l'existence, on ne s'occupait plus de rien sinon de gagner assez pour perdre au jeu et s'ivrogner si les passants se refusaient à payer l'écot, et cependant, quelle misère et quelle abjection ! Sans doute, elle s'y était faite aux baisers méprisants des hommes, mais, les premiers temps, comme le goût de cette bourbe lui avait tenu en bouche ! le chaland se levait le matin et, dégrisé, reconnaissant l'endroit où il avait couché, furieux contre lui-même, plein de dégoût pour la femme qui l'avait frôlé, il s'habillait en un tour de main, secouait le blanc qui marbrait ses habits et s'échappait sans même lui dire adieu ; elle entendait son pas précipité sur les marches, puis il s'arrêtait près de la porte, attendant que l'omnibus fut passé pour sauter dans la rue et s'enfuir. Et quelle humiliation lorsqu'elle-même ayant passé la nuit dehors rentrait au jour ; le laitier et le boucher, fumant leur pipe sur le pas de leurs boutiques, avaient des rires insultants et ils lui crachaient aux jambes, quitte à venir les lui embrasser le soir !

Enfin, grâce à Ginginet qui avait répondu d'elle, se disant prêt à l'épouser, elle n'était plus sujette du bureau des mœurs et la pensée qu'elle allait refaire à nouveau partie de ce bétail que la police doit surveiller et traquer sans relâche, lui donnait froid dans le dos.

Elle ne se dissimulait pas les douloureuses voluptés de cette servitude et cependant elle était attirée par elles comme un insecte par le feu des lampes ; tout lui semblait valoir mieux d'ailleurs, le péril des tempêtes, la chasse sans merci, que cette navrante solitude qui la minait.

Elle se réveillait de ces visions, l'esprit détraqué, les joues en sueur, elle suffoquait dans sa chambre, et parfois elle descendait pour prendre l'air et se traînait le long des murs, avec une démarche et des gestes de mourante. La fraîcheur du matin, le clair soleil chassaient ces rêves et elle allait tomber sur un banc, dans un jardin public ou dans un square, regardant le sol qu'elle creusait avec la pointe de ses bottines, tamisant au travers de ses doigts, de la terre en poudre, mais tous ces enfants qui faisaient de petits pâtés avec des seaux en fer blanc l'exaspérèrent; ils lui rappelaient le temps où, elle aussi, se ventrouillait dans la poussière et plantait des branches d'arbres sur des tas de cailloux, elle se prit alors à errer dans Paris, et un jour qu'elle déambulait ainsi au hasard, elle tomba, au détour d'une route, devant une caserne, à l'heure où les mendiants viennent chercher la soupe.

Elle s'arrêta dans une sorte de cul de sac, bordé au nord par cette caserne, quelques marchands de vins où buvaient, à l'ombre de pins en caisse, des vieillards, pansus comme des tourailles, au sud, par une échoppe à fritures et à crêpes, un restaurant interlope avec ses bols de riz au lait et ses crêmes tremblantes, et par un sordide marchand de bric-à-brac, à la porte duquel pendaient en désarroi des crinolines dont les chairs s'étaient dissoutes et dont les carcasses d'archal sonnaient aux vents.

Plus près enfin, à l'entrée de l'impasse, trois arbres aux troncs flacheux dressaient de leurs manches de terre des bras éplorés et difformes.

Une pelletée de misérables avait été jetée dans le ruisseau au pied de ces trois arbres. Il y avait là des pauvresses aux poitrines rases et au teint glaiseux, des ramassis de bancroches, des borgnes et des ventrées de galopins morveux qui soufflaient par le nez d'incomparables chandelles et suçaient leurs doigts, attendant l'heure de la miche.

Accotés, accroupis, couchés les uns contre les autres, ils agitaient des récipients inouïs : casseroles sans queue, pots de grès cravatés de ficelles, bidons cabossés, gamelles meurtries, bouillottes sans anses, pots de fleurs bouchés par le bas.

Un soldat leur fit signe et tous se précipitèrent en avant, tête baissée, aboyant comme des dogues, puis, quand leurs écuelles furent pleines, ils s'enfuirent avec des regards voraces et, le derrière sur le trottoir, les pieds dans le ruisseau, ils avalèrent goulûment leur bâfre.

Marthe frémit à la vue d'un vieillard qui buvait sa soupe à même d'une chaufferette et elle regarda, tout interdite, ce visage feutré d'une barbe grise, ces yeux clignotants et troubles, ce nez qui perçait, tout praliné de rouge, la croûte flasque et comme morte des joues. Ce crâne peluché, ces loques cousues avec des ficelles, ces habits couleur de bouse, cette culotte mangée des mites, étoilée de trous, cuirassée de fange, ce gilet racorni, rongé, ratatiné par tous les soleils et par toutes les pluies, ces savates sans nom, éculées et avachies, ouvrant, pour laisser passer l'orteil, des lucarnes de cuir roux; cette figure enfin, ravagée par tous les excès, ce hideux tremblotement des jambes, ces mains qui dansaient toutes seules, sans que l'homme les remuât, l'émurent d'une poignante pitié, et elle blêmit alors que le mendiant s'approcha d'elle et lui dit à voix basse :

— Tu ne me reconnais pas, je suis Ginginet.

— Oh! fit-elle, abasourdie, comment, c'est toi! Et tu en es arrivé là!

— Il a bien fallu, j'ai tout mangé, j'ai tout bu, j'ai fait faillite comme un vrai commerçant; ratiboisé, ma chère, et avec ça, plus de voix, je ne puis même plus filer un son ; le battant de ma sonnette est perdu, je l'aurai avalé par mégarde dans le fond d'un litre. Hein? je suis changé, dis donc? Ah dame! je suis vêtu, sans prétention et sans chic, mon elbeuf se déforme, mon grimpant se détraque et mes bottes sont blettes, — que veux-tu! Ça vous vieillit un homme que d'être dans la misère et d'avoir toujours soif! Mais, voyons, parlons un peu de toi, sais-tu que tu es toujours mignonne et, qui plus est, crânement ficelée. Tu dois être riche! Ah bien alors, tu devrais bien me prêter quelques sous pour boire une chopine; et tendant un affreux bourgeron, il ajouta avec son effroyable sourire : Un jaunet, ma princesse, ça vous portera bonheur.

Les yeux de Marthe eurent comme une explosion d'ivresse :

— Ah! dit-elle, depuis le temps où tu me rouas de coups, tu n'as point fait fortune, cela doit te paraître dur, hein, de me demander l'aumône?

Puis, à la vue de ce visage, tanné et comme fumé pas la misère, sa jactance tomba, la pitié lui revint au cœur, elle embrassa la barbe hideuse du comédien, et lui jetant tout ce qu'elle avait en poche :

— Bah ! dit-elle, nous nous valons ; c'est égal, mon cher, si c'était à recommencer ! Sais-tu qu'il vaudrait mieux bûcher et trimer pour de vrai, ça rapporterait plus !

XII

L'homme qui est, à l'hôpital de Lariboisière, préposé tout à la fois au service des écritures et au balayage de la salle des autopsies, poussa la petite porte qui sépare cette pièce de la chambre des morts, ferma les rideaux blancs des lits, épousseta l'autel, renouvela, dans les terrines, les provisions de chlore, repiqua sur le bois d'un cercueil un laissez-passer qui s'envolait, remmaillotta dans le drap le pied d'une femme, but un coup de vin, et sans paraître incommodé par l'épouvantable odeur fade qui se dégageait des deux salles, il repassa dans la première qu'il nettoya à grand renfort de seaux d'eau.

Cette pièce était exclusivement meublée de tréteaux doublés de zinc et d'une fontaine qui chantonnait près de la porte. L'homme jeta, au passage, un regard indifférent sur un cadavre de vieillard, couché sur l'étal, les jambes rapprochées, le ventre gonflé comme un ballon, la figure atrocement révulsée, et, prenant une éponge, il se mit en devoir de récurer les tables de la dissection.

Il s'assura que leur trou n'était pas bouché, que le seau de fer blanc était bien pendu au dessous de leur orifice, puis il déposa dans la vasque de la fontaine son éponge qui se dégorgea, but une nouvelle lappée de vin, aperçut une grande tache rouge qui marbrait la rigole, et, pris soudain d'une fringale de propreté, il rangea le long du mur un baquet rempli de son, une paire de galoches, deux bocaux où marinait, dans un bain d'alcool, une horrible bourbe veinée de rose, tira les ficelles des vasistas qui surmontent les deux fenêtres, sortit et s'en fut au devant de deux internes, à tabliers blancs et à calottes noires, qui refermaient la porte de la salle Saint-Ferdinand bis.

— C'est égal, disait l'un, lorsqu'on apporta sur une civière ce malheureux Ginginet, j'ai reçu comme un cahot dans l'estomac, j'ai revécu, en une minute, toute ma vie d'autrefois, je me suis rappelé le temps où, vêtu d'une vareuse rouge, je hurlais au poulailler de Bobinche, insultant Ginginet et applaudissant Marthe, je me suis rappelé enfin ce fameux soir où je conduisis Léo dans la rue de Lourcine.

— Tiens, répliqua l'autre, qu'est-il devenu ton ami Léo?

— Oh! mon cher, c'est toute une histoire! il s'est enfin décidé à me répondre. Imagine-toi que... mais non, tiens, lis plutôt sa lettre, je t'assure qu'elle est curieuse.

Ce fut à ce moment que le gardien les rejoignit.

— Eh bien! père Machin, lui dirent-ils, quoi de neuf?

— Je vous cherchais, toussa le vieux, il y a paraît-il, un sujet intéressant, ce matin, on va disséquer un homme qui s'est laissé mourir à force de lichotter; il avait, disait le médecin, un tas de maladies plus épatantes les unes que les autres, mais vous avez bien dû en entendre parler, monsieur Charles, c'était le numéro 18 de la salle Saint-Vincent.

— Ah ! fichtre, s'écria le jeune homme, mais alors c'est Ginginet qui est mort et moi qui voulais aller prendre de ses nouvelles ! enfin ! nous irons au moins voir son autopsie à ce pauvre diable !

Et ils marchèrent d'un pas plus rapide. La séance n'était pas encore commencée, ils s'accotèrent, après avoir échangé force poignées de main avec les assistants, contre la fontaine, et dépliant la lettre, ils lurent à mi-voix :

« Tu me demandes ce que je fais et à quoi je passe mon temps ? je vague, mon ami, au bord d'une rivière, je regarde couler l'eau et je ne pêche pas ! — je me promène et je dors — j'arrose aussi des fleurs, je fume des bouffardes à culottes noires, je bois du vin âpre, je mange des ratas succulents, c'est te dire que je me porte à ravir et que j'ai eu bien du mal à trouver un encrier pour t'écrire ces quelques lignes.

« Mais, causons maintenant de ceux que j'ai laissés, depuis tantôt deux mois, dans Paris. —

Marthe, me dis-tu, est rentrée dans le tripot qu'elle habita jadis. Oh ! tu aurais pu, pour m'apprendre cette nouvelle, éviter toute espèce de circonlocutions : c'était fini entre nous et tu le savais. — A défaut d'affection, je n'ai même plus d'intérêt pour elle, sa vie ne changera guère maintenant. — Admettons encore une alternance de richesse et de misère et ce sera tout ; elle finira dans une crise d'ivrognerie ou se jettera, un jour de bon sens, dans la Seine. — En vérité, ce n'est plus la peine que nous nous occupions d'elle, et puis, que peut me faire ce qu'elle deviendra ? car il faut bien que je t'annonce une grande nouvelle : je me marie.

« Eh ! ne t'exclame pas ! — Ecoute : quand nous étions réunis chez moi, que de plaisanteries, que de gorges-chaudes nous avons faites sur le mariage ! c'était banal, c'était bête. — Deux individus se réunissaient, à une heure convenue, au son d'un orgue et en présence d'invités impatients d'aller se repaître de mets qui ne leur coûteraient rien, puis, au bout d'un nombre de mois déterminés, sauf accident, ils donnaient le jour à d'affreux bambins qui piaillaient, pendant des nuits entières, sous le prétexte qu'ils souffraient des dents, et alors, dans le grésillement des pipes, nous décrétions que jamais un artiste ne devait s'enjuponner sérieusement.

« Comme vous me l'avez baillé belle avec votre liberté que le mariage étranglait! vous étiez à peine sortis de chez moi que vous couriez la perdre avec des ramassées quelconques! Ah çà, voyons, est-ce que tu ne les méprisais pas autant que moi, ces filles dont tu te disais épris? est-ce que, lorsque nous restions en tête à tête avec elles, tous nos instincts de gens bien élevés ne se rebellaient pas devant leur grossièreté native? est-ce que vous ne finirez pas comme moi, quitte à épouser, comme l'ont fait plusieurs d'entre nous, des filles de sorcières ou de concierges qui se tireront les cartes et ne se peigneront plus, le jour où elles auront traîné leur robe sur le parquet d'une mairie? Et bienheureux encore, les camarades, lorsqu'elles auront des jupes bâties à coups d'épingles et des teignasses qui brandilleront au vent! Celles-ci se laissent parfois cacher, mais quand on fait comme notre ami Brice, qu'on épouse une fille de bohême, dont Dieu sait qui eût l'entame! une dondon qui enveloppe de robes carnavalesques ses grâces de laveuse et veut faire la dame, s'imposant quand même chez les gens qui ne l'invitent pas, les forçant à la faire asseoir devant une table qu'elle devrait desservir, ça devient tout simplement odieux, car celles-là ont des ordures de ruisseau qui leur gargouillent dans la bouche et qu'elles lâchent au dessert, en même temps que les agrafes de leur corset!

« Et voilà où nous en arrivons, nous autres, les indépendants! Epouser sa maîtresse, c'est être aussi bête que Gribouille qui, de peur de la pluie, se jetait dans l'eau; et puis encore faut-il en trouver des maîtresses, j'en ai eues, parbleu! des femmes à tant le verre, mais j'avais le vin triste! Et c'est alors que j'ai couru après ces fillettes qui se pendent, le dimanche, au bras des ouvriers mais elles ne m'ont pas aimé, moi! Je n'étais pas de leur monde, elles me trouvaient poseur, embêtant enfin, et pourtant, l'une s'amouracha de moi pendant huit jours. Ce fut accablant, mon cher, je dus sortir avec elle en cheveux, supporter ses rires éclatants dans la rue; subir ces abominables expressions: « vrai, pour sûr, oh alors! »

« Eh bien! c'est à la suite de ces promenades que j'en vins à chercher, parmi les filles, les plus pimentées de toilettes, à trouver des réveillons de désirs dans une fleur de poudre, dans un rehaut de fard, à me gaudir enfin devant une gorge noyée dans une brume de dentelles que déchirait l'éclair des rubans pâles! Et j'étais sincère alors! J'aimais moins une femme pour elle-même que pour ses bouffettes et ses chiffons. Quelle absurdité! Et comme aujourd'hui que la raison m'est venue, je m'étonne d'avoir été si bête! Je n'ajouterai pas à ta stupeur en te faisant l'éloge de ma femme; ne crains rien, je ne te dirai point qu'elle est belle, qu'elle a des yeux de saphir ou de jayet, et que ses lèvres sont cinabrines, non; elle n'est même pas jolie, mais que m'importe? ce sera terre à terre que de la regarder le soir, ravauder mes chaussettes, et que de me faire assourdir par les cris de mes galopins, d'accord; mais comme malgré toutes nos théories, nous n'avons pu trouver mieux, je me contenterai de cette vie, si banale qu'elle te puisse sembler.

« Que te dirai-je de plus? Je ne suis pas un fier Sicambre, mais je brûle tout ce que j'ai adoré; et quant à Marthe, puisque tu me parles encore d'elle à la fin de ta lettre, je lui pardonne toutes ses vilenies, toutes ses traîtrises; les filles comme elles ont cela de bon qu'elles font aimer celles qui ne leur ressemblent pas; elles servent de repoussoir à l'honnêteté. Mais je t'embête, hein, mon pauvre vieux? Pardonne-moi tous ces rabâchages et tends ta main, que je la serre. »

— Sacré nom.... dit le jeune homme en repliant la lettre.

Mais ses camarades le poussèrent du coude pour le faire taire, et le père Briquet, décalottant d'un coup de ciseau le crâne du comédien, commença de sa voix traînante :

— L'alcoolisme, Messieurs,....

BIBLIOTHÈQUE NATIONALE
R.F.
IMPRIMÉS

Paris, novembre 1875. — Bruxelles, août 1876.

ACHEVÉ D'IMPRIMER A BRUXELLES,

POUR JEAN GAY, ÉDITEUR,

LE DOUZIÈME JOUR DE SEPTEMBRE MDCCCLXXVI,

PAR LES SOINS

DE FÉLIX CALLEWAERT PÈRE, IMPRIMEUR

www.ingramcontent.com/pod-product-compliance
Ingram Content Group UK Ltd.
Pitfield, Milton Keynes, MK11 3LW, UK
UKHW020337230726
13925UKWH00002B/833